JN122343

ぐるぐる、和菓子

太田忠司

ポプラ文庫

目次

プロローグ

涼太《りょうた》は三月二日という日付を忘れない。その日、六歳の彼は母を失った。

涼太の母は美しいひとだった。いつも忙しくしていて何日も出かけることが多かったが、家にいるときは彼の知らない歌をハミングしながら料理を作っていた。母の作る玉子焼きが、ハンバーグが、エビグラタンが涼太は好きだった。

とりわけ好きだったのが、ぼたもちだった。

「何が食べたい？」

あの日、そう訊かれたときも、「ぼたもち！」と答えた。

母がぼたもちを作りはじめると、涼太は何度もキッチンを覗き込んでは「まだ？まだ？」と母に尋ねた。

「もう少し待ってね」

そう言って母は振り返り、微笑《ほほえ》んだ。

炊飯器《すいはんき》で炊いた糯米《もちごめ》を軽く搗《つ》いて半分つぶすと丸くまとめて、粒餡《つぶあん》でくるむ。母の手の中で白い餅《もち》が餡をまとい、形よく整えられていく。その様子を見ているのが涼太はとても好きだった。

「はい、どうぞ」

皿に並んだぼたもちを手づかみしそうになるのを、ぐっとこらえる。お行儀が悪いと母に叱《しか》られるからだ。手を合わせ「いただきます」と言ってから箸《はし》でぼたもちをつまむ。幼い彼の手には余る重さと大きさ。落としそうになる前に口に運ぶ。餡の軟らかな舌触りと小豆皮《あずきがわ》の感触。餅の弾力。小豆のほのかな香り。そして広がる甘さ。涼太の表情は緩む。

「美味《おい》しい?」

母に尋ねられ、口いっぱいに頰張ったまま頷《うなず》く。

「そう。よかった」

そう言ったときの母の表情に、涼太は思わず口の動きを止めた。どうしたの、と訊《き》こうとしても、口の中はぼたもちでいっぱいだった。あわてて飲み込もうとして喉《のど》に詰まりそうになる。

「ほらほら、慌てて食べちゃ駄目」

背中を撫《な》でてくれた母の顔は、もういつもの優しい表情に戻っていた。どうしたの、という問いかけは、もうできなかった。

そして母は、いなくなった。

「涼君、これ好きだったよね」

いつまでも泣きつづける涼太に千春《ちはる》が差し出したのは、ぼたもちだった。

「ママの?」

「いいえ。買ってきたの。何も食べてないでしょ。さあ」

母が作ってくれたものより小さかった。色も少し濃い。

透明なフードパックに入れられたものを、箸でつまむ。小さいから落としそうにならない。

口に入れて、嚙《か》む。咀嚼《そしゃく》して飲み込む。とたんに吐きそうになった。

「どうしたの?」

「……まずい……」

舌に残るいやな感じを水を飲んで消そうとする。でもどんなに飲んでも、感触が消えない。食べかけのぼたもちをパックに戻した。

「ぼたもち、好きじゃなかったっけ? ごめんね」

千春はそう言って涼太の頭を撫でた。彼は、また泣いた。


以来、涼太は小豆を食べなくなった。

小豆餡だけでなく、和菓子全般を口にしなかった。

自分は甘いものが嫌いなんだ、と思った。

好きだったのは、ママが作ってくれたぼたもちだけなんだ、と。

涼太が再び餡を口にするのは、それから十五年後のことだった。

第一章　きっかけは対数美曲線

1

「おい、河合《かわい》」

呼びかけられて、涼太は振り向く。純二《じゆんじ》と登志男《としお》がトレイをもって立っていた。

「おまえも昼飯か」

「うん、ちょっと遅くなった。君たちは？」

「同じく。実験が長引いた。一緒に食おうぜ」

三人で学食のテーブルを囲む。純二は味噌カツ定食、登志男はカレーライス、そして涼太は鯖《さば》の生姜《しようが》煮定食を昼食メニューに選んだ。

「おまえ、いつも魚食ってるな」

カレーを口に運びながら登志男が言う。

「肉とか嫌いなのか」

「嫌いじゃない。むしろ好き。でもこの南食堂は魚が美味《うま》い」

「そうかな」

「ああ、材料は北食堂と同じものを使っているはずだから、調理の仕方がいいんだ。この生姜煮も臭みが抜けてるし身も硬くなっていない。食材の鮮度もだが温度調整が適正なんだ」

「へえ、そうなんだ。どれ」

と、純二は涼太の鯖に箸を伸ばす。素早く身をとって口に入れた。

「……うーん、俺には正直、よくわからん。そんなに北食堂と違うかな」

「全然違う」

涼太は断言した。そして、

「魚を煮るとき、どのタイミングで魚を煮汁に投入するべきなのか知ってるか」

そう問いかけられ、登志男と純二はきょとんとした顔になる。

「なんだそれ。そういうの、何か関係あるのか」

「煮魚を作る場合、一般的には沸騰《ふっとう》した煮汁に魚を投入するのが正しいと言われているらしい。表面の蛋白質《たんぱくしつ》が早く凝固して、身の中の旨みを外に逃がさないから、というのが理由だそうだ。でも女子栄養大学調理学研究室による実験では煮汁を沸騰させてから魚を投入した場合と煮汁の材料と一緒に魚を投入して火にかけた場合では有意差は認められなかったという論文がある」

「有意差というのは統計学で使われる概念だな」

純二が言った。

「この場合、どのように有意差がないと結論づけたんだ？　その方法は？」

「官能評価だ。複数の人間がパネルとなって外観、香り、味、テクスチャーという項目で評価する」

「人間の五感を測定器とするわけか。俺たちの好きな物理法則とは違って曖昧《あいまい》だな」

登志男が皮肉っぽく言った。涼太はわずかに肩を竦《すく》めて、

「たしかにそうだ。しかしこの方法は統計学上意味があるものとして認められている。結果は信用していい。煮汁が冷たいときに魚を投入しようが煮立ってから投入しようが味に変化はない」

「なるほど。ではこの食堂の煮魚が特に美味いというのはなぜだ？」

「これも自明なことだが蛋白質は高温で長く加熱されると硬くなり食味が落ちる。つまり短時間で中まで火が入ればいいわけだ。かといって無闇《むやみ》に強火を使えば身を崩してしまう。中火で煮込み時間は六分程度がいい、というのが中町《なかまち》さんの結論だ」

「中町？　誰？」

「南食堂の調理師さん。東京の料亭で修業を積んで築地《つきじ》で自分の店を開いたけどバブル崩壊の影響で閉店してしまって、その後はいろいろな社員食堂で調理をしてきて三年前にこの学食にやってきた」

「おい、なんだその情報？　なんでそんなことを知ってる？」

「聞いたから。というか、煮魚の作りかたについてだけ訊くつもりだったのに、中町さんがそんなことまで話してくれたんだよ」

「煮魚の作りかたを訊いた？　どうして？」

「興味があったからに決まってるじゃないか。他のところで食べる煮魚と何が違うのか知りたかった。中町さんは経験知を優先する人間だから理論的裏付けについてはあまり関心がないみたいでさ。だから僕がさっきの論文を探してきて教えたりもしたけど、あまり興味は持ってくれなかった……ん？　どうした？」

あきれたような顔で自分を見ている友人たちに尋ねると、

「いや、河合ってやっぱり変わってるなと思ってな」

純二からそんな答えが返ってきた。そして続けて尋ねられる。

「おまえの卒論のテーマって何だったっけ？」

「『非平衡分子《ひへいこうぶんし》動力学法による輸送物性の計算法』だけど」

「だよな。『加熱による魚類の蛋白質変成について』じゃないよな。なのにどうしてそんなこと調べてるんだ？　今、俺たちがどんな状況下にあるかわかってるか」

「卒研の真っ最中」

「わかってるじゃないか。できなきゃ俺たち大学を卒業できないんだぞ。余裕ないだろ。それともおまえ、もう論文書けちまったのか」

「いや、まだもう少し詰めないと」

「だったらさあ――」

「河合ってそういうやつじゃん」

登志男が言った。

「なんでも興味を持ったら一直線でさ。それでいて飽きっぽい。ひょっとしたら卒研やるのに飽きちゃってるのかもしれない」

「そうなの？　飽きてるの？」

「うーん、どうかなあ……」

涼太は首をひねる。

「余裕だなおまえ。それって大学院に行くからなのか」

「そういうわけじゃないけど……なんて言うのかな、そっちのほうが面白そうだったから」

「興味本位制で生きてるな」

純二が笑う。

「俺たちはさっさと卒論仕上げて就活も終わらせてのんびりするつもりなのに」

「のんびりなんてできるかよ。このご時世に」

登志男が茶々を入れた。そして涼太に、

「河合閣下《かっか》はどうするの？　いや、大学院に行ってからさ。就職、きつくなるかもよ」

「就職までは、まだ考えてない」

涼太は素直に答える。

「大学院に行くって決めたのも、モラトリアムをもう少し延ばしたいってのが正直なところでさ」

「優雅だねえ。さすがお金持ちのお坊ちゃん……あ、ごめん」

「ん？　どうして謝ったの？」

「いや、厭《いや》みに聞こえたかもしれないと思ってさ」

「何が？」

「だから……まあいい。本人が気にしてないみたいだから」

登志男は涼太の問いかけをはぐらかす。

「そんなに煮魚の作りかたが気になるなら、そっちの研究してみたら？　日本の料理法に革命をもたらすかもよ」

「うーん……」

「おまえ、食べるの好きじゃん。俺たちより舌の感覚が鋭いみたいだし」

「そんなこともないと思うけどなあ。まあ、たしかに料理を科学するというのも面白いかもしれないけど……でもなあ……」

涼太は首をひねりながら、

「ずっと輸送物性の研究をするつもり？」

純二が尋ねても、

「それもなあ……」

さらに首をひねる。

「おいおい、それ以上ひねったら顔が後ろ向くぞ」

「どうなんだろうなあ……僕は何を目指すべきなんだろう？　わかる？」

「本人にわからないものが俺たちにわかるわけなかろうが。まあ、せいぜい悩め。それが青春の特権じゃ」

そう言うと登志男はカレーをかっこむ。

涼太はそんな友人をぼんやりと見ていた。

2

「僕って飽きっぽいかな？」

いきなり尋ねられ、千春は口に運びかけていたティーカップを止めた。

「飽きっぽい？　涼君が？」

「僕の大学生活をよく知っている人間に言われた」

「それって友達ってこと？」

「友達……どうだろうな。友達って概念はどう定義付けできるんだろう？　友達って何かな？」

「そりゃ一緒に遊んだり勉強したりするひとでしょ。神山《かみやま》君とかそうだったんじゃない？　小学校の頃によく一緒に遊んでたし」

「神山拓海《たくみ》か。うん、子供の頃はよく会っていた。ポケモンについての情報は僕より詳しかった。それと犬の種類とかも。でも重力加速度について話をしたときにあんまり興味がなさそうだった」

「その重力加速度のことを話したのって、何歳のとき？」

「たしか小学校四年のとき。だから九歳か」

「そりゃまだ早いわ」

千春は笑った。しかし涼太は納得できない。

「僕が重力のことに興味を持ったのは二年生のときだったけど」

「涼君は特別」

「あの頃から拓海とはあまり会わなくなった。多分この十年は顔を合わせてない。僕と拓海は友達なんだろうか」

「今は違うかもね。でも昔はそうだった。今は大学に友達はいないの？」

「話が元に戻ったね。登志男や純二は僕の友達なんだろうか。どういう人間を友達と呼べるのか……」

「いいわ。わかった。今は友達の定義については措《お》いときましょう。涼君が知りたいのは、自分が飽きっぽいかどうか、よね？」

「そう。僕は飽きっぽいのかな。千春さんはどう思う？」

あらためて涼太に尋ねられ、千春は湯気の立つダージリンを一口すすり、

「今のわたしたちの会話を聞いているひとがいたら、涼君のことをどう思ったと思う？」

「どうだろう？　ひとにはよく理屈っぽい喋《しゃべ》り方をするって言われるけど、でもそもそも理屈っぽいっていうのは――」

「それ」

千春は涼太の言葉を止める。

「話してるうちにどんどん話題が脇に逸れてっちゃうでしょ。涼君は興味が次から次へと移っていっちゃうのよ。何事でもそういうところがあるわよね。そういうのを見て、飽きっぽいって思われちゃうのかもよ」

「そうかあ……でも……」

「自分では、飽きたつもりなんかないんでしょ？」

「うん、そう。だって飽きてないからね。でも他の人間だって関心が移っていったりするんじゃないかな？」

「そりゃあ、あるわよ。ただ涼君はそのスピードが速いかな。そういうのを一般的

には『移り気』と言います」

「移り気……僕は移り気なのか。そうかあ」

涼太は頷く。

「これが女性相手だったら『浮気者』ね。次から次へと好きになる子が変わってったりして」

「どうだろうな。今のところ、女性を好きになる感覚というのがよくわからないんだけど」

「男性は？」

「男も同じ。好きになったことない。でも『好き』って何だろう。どういう感情をいうのかな」

「それは実際に体験しないとわからないって。紅茶、もう一杯飲む？」

「ううん、僕はもういい。そういえば修《おさむ》さんは？　今日帰ってくるんじゃなかったっけ？」

「一週間延びたって。向こうで仲良くなった何とかって作家が『うちに来い』ってしつこく誘ってくるから行くことにしたって、さっきスカイプで話したときに言ってた」

「一週間？　原稿の締め切りとか大丈夫なのかな？」

「向こうで書くって。編集者からすれば日本で書こうとアメリカで書こうと原稿が上がりさえすればいいんだから」

「それは正しいね。テキストデータに違いはない」

「それ、センセも言ってた」

千春は夫のことを「センセ」と呼ぶ。編集者として修に出会ったときの名残《なごり》なのかと思ったが、彼女曰く「出会ったときはセンセもまだデビューしたての新人作家で、全然『先生』なんて感じじゃなかったわね。だから彼のことも『河合さん』って呼んでた」そうだ。「センセ」という呼びかたをするようになったのは結婚してから。「だっていまさら旦那とか夫とかダーリンとか呼びにくいし、河合さんって呼ぶのも変でしょ。わたしだって河合さんになったんだしね。それでまあ、茶化し半分にセンセになったわけ」と説明された。なんだかとても千春らしい発想だと涼太は思った。

そのセンセこと河合修がアメリカに滞在しているのは、彼が書いたSF小説がハリウッドで映画化され、そのプレミア試写会に登壇するためだった。超有名な俳優や監督と共にレッドカーペットを歩く修の映像は、すでに日本のテレビでも放送されていた。

以前は日本でも知る人ぞ知るという存在の修だったが、作品が英語に翻訳されて欧米で紹介されると瞬く間に人気を得て、有名なSFの賞を受賞した。さらに何作も翻訳され、それがどれもベストセラーとなり、今度の映画化に繋《つな》がったそうだ。

「不思議なものよね。今じゃセンセの人気は外国から逆輸入されてるみたいなものだから。日本人ってアメリカとかで評判になると、すぐに飛びつくんだもの。どうせならわたしみたいにデビュー当時から河合修の真価を見抜いてごらんよって言いたいわ。そしたらこの家のローンだってもっと早くに返せて、もっと贅沢《ぜいたく》な暮らしができたのに」

そう愚痴《ぐち》る千春だが、修の本がベストセラーとなって収入が激増しても、生活はまったく変えなかった。普段はユニクロで買ったジーンズを穿《は》き、近くのスーパーの安売り情報をチェックして買い物をしている。今でも編集者の仕事は続けているが、特に派手な格好をするわけでもなく、やはりユニクロで買ったビジネススーツで出かけていた。

十五年前、涼太を引き取ったときからずっと河合夫妻は変わらない。涼太もふたりを「父さん母さん」とは呼ばず、もちろん戸籍上の関係である「伯父《おじ》さん伯母《おば》さん」とも呼ばない。いつも名前で呼び合っている。そのせいか涼太とふたりの関係はとてもフランクなものだった。

「さて、そろそろ行きましょうか」

カップを置くと、千春が言った。

「涼君、支度して」

「え？　僕も行くの？」

「昨日そう言ったでしょ。買い物に付いてきてって」

「そうだっけ？　聞いたっけ？」

「聞いてるはず。本を読んでたから上の空だったかもしれないけど」

読書中は集中しているせいで、まわりのことがほとんどわからなくなるのが涼太の習性だった。

「今日は特に予定ないんでしょ。付いてきなさい」

「……わかった。それで、どこに行くの？」

尋ねた涼太に千春は新聞に挟まっていたチラシを見せた。

「ここ。今日は激戦になるから覚悟しておいて」

3

「……なんだこれ？」

エスカレーターで十階に到着した途端、涼太は呟《つぶや》いた。

日曜のデパートは文字どおりごった返していたのだ。

催事会場は特に人が多い。その日はここで「第14回　全国食の職人展」が開催されているのだった。

「全国食って何？」

「続けない。『全国』『食の職人展』だから」

注意する千春の表情はもうウキウキとしている。

「文字どおり全国から食に関する職人が一堂に会して自慢の逸品を売り出すわけ。夢のような企画じゃない。でしょ？」

普段からあまり無駄な買い物をしない彼女だが、こと食に関してはときどきリミッターを外すことがある。特に好きなのはデパートの物産展で、北海道展とか沖縄展とかイタリア展とか通販お取り寄せ展など、普段から情報を仕入れては目当てのイベントに突撃し、両手いっぱいに戦利品を提げて帰ってくる。おかげで河合家では全国の食料品を続けて食べることが多いのだった。

「なるほど。それで僕を帯同させた理由は？」

「もちろん荷物運び。報酬はここで売ってるもの、どれでもＯＫってことで」

「わかった。それで、どこから攻める？」

「作戦は万全。まずは乳製品から」

北海道産フレッシュチーズ、長野産ヨーグルト、佐渡島《さどがしま》のバターなどを次々と買い込んでいく。続いて肉加工品。ドイツで修業した職人が作ったソーセージ、山形《やまがた》三元豚《さんげんとん》ロース肉の味噌漬け、馬肉で作った生ハムなど、千春は次から次へと買っては涼太に持たせたエコバッグに放り込んでいく。感心するのは、ただ買いあさるだけでなく、売り場にいる職人と会話をして商品の特徴をうまく聞き出しているところだった。

「なるほど、馬肉で作ると生ハムはあっさりとして食べやすくなるんですね」

「ええ、でも馬肉特有の旨みはちゃんとありますから、ただ食べやすいってだけじゃないんです。こうして売り物にするまでに相当苦労してきましたから」

千春の訊きかたが上手《うま》いのか、職人は嬉々として話しだす。もちろん他の買い物客も大勢いるから長居はできない。短く的確に情報を引き出し、商品知識を得ていく。

すごいな、と涼太は思う。さすが敏腕編集者だ。

そうこうしているうちに彼の持っているバッグはずっしりと重くなった。この催事場に来て早くも一時間が経過していた。

「結構買い込んだね」

そろそろいいんじゃない？　という気持ちを込めて尋ねると、

「そうね。序盤としては悪くない感じだわ」

事も無げに千春は言った。これが序盤か。涼太は少し目眩《めまい》を感じた。

さらに海産物やパンのコーナーをまわり、一時間が過ぎる。涼太の両手は文字どおり塞《ふさ》がった。

「さて、ではフィナーレとまいりましょうか」

「ってことは、これで最後？」

「そう。今回わたしが一番楽しみにしていたお店よ」

千春が指差した先には「和菓　はなふさ」と記された暖簾《のれん》があった。

「和菓……和菓子か」

涼太のテンションが下がった。

「わかってる。涼君は餡子《あんこ》が駄目だもんね」

千春が言った。

「君には後でケーキを買ったげるから」

ならばと目的の店に向かう。

そこにはガラスのショーケースがあり、中に商品が並べられていた。

「こんにちは」

千春が気軽に声をかけると、中にいた男性がこちらを向き、

「ああ、河合さん。先日はどうもお世話になりました」

と、丁寧に挨拶をしてきた。

「仲川《なかがわ》先生の取材、あれでよろしかったですか」

「はい、もちろんです。あれから先生、和菓子の世界にすっかりハマっちゃったみたいで、和菓子職人を主人公にした時代小説のシリーズを立ち上げるんだって張りきってます」

「それはよかった。和菓子のことを少しでも知っていただけるのは私としても嬉し

い限りですから。今日も取材ですか」

「いえ、今日は純粋に買い手としてやってきました。荷運び要員として甥《おい》も連れてきてます」

「甥御さん？」

「ええ、こっちです。ほら涼君、挨拶して」

千春が声をかける。しかし涼太はその声が聞こえていなかった。ショーケースの中にあるものに眼を奪われていたのだ。

花が咲いていた。

花びらを淡い桃色に染めた桜、紫の小さな花が集まって形作られた紫陽花《あじさい》、無数の黄色い花びらをこんもりと開いた菊、そして落ち着いた赤の花びらに艶《つや》やかな緑の葉を添えた椿。どれも本物の花のようなリアルさと、でも本物ではあり得ないデフォルメされた形で、そこに在った。

「すごい……」

涼太は思わず声を洩《も》らす。

「これ、本当に和菓子？」

「そうよ。華房《はなふさ》さんが作ったの」

千春に言われ、あらためて店の主を見た。三十代半ばくらいの年頃で長身、梅鼠《うめねずみ》色の作務衣《さむえ》と和帽子を身につけている。眼は切れ長で眉も細く、鼻筋が通っていて唇は薄い。端整な和風顔だった。

「あなたが、河合さんの甥御さん？」

華房と呼ばれた男性が、アナウンサーか声優でもできそうな澄んだ声で尋ねた。

「あ、はい。そうです」

涼太は慌てて答えた。そして、

「対数美的曲線《たいすうびてききょくせん》ですね？」

と、いきなり華房に尋ね返した。

「対数……なんですって？」

「対数美的曲線です。曲率対数分布図が直線で表すことのできる曲線。式で表すと……」

ボディーバッグからペンを取り出し、同じくバッグから出したメモ用紙に数式を書き出す。

「これ。『$\log(\rho ds/d\rho)=\alpha\log\rho+c$』です。$\rho$は曲率半径を、sは曲線長を表し、cは定数です。$\alpha$が-1のときにはクロソイド曲線となり、1のときには対数螺旋《らせん》になります」

「なるほど……でも悪いけど、私にはクロソイド曲線も対数螺旋も理解できない。数学は苦手なんだ」

華房は微苦笑を浮かべ、

「でも、どうして君はそんな話を始めたの？」

「対数美的曲線というのはその名のとおり、美しい曲線なんです」

涼太は勢い込んで説明した。

「自然界でも蝶の羽とかオウムガイの殻の形とかをこの数式で表すことができます。だから人間が美術品を作ったり製品のデザインをするときにも、対数美的曲線を使います。この和菓子も、そう」

涼太はショーケースの中の菓子を見つめる。

「じつに美しい曲線で形成されています。まぎれもなく対数美的曲線的美しさです」

「なるほど。では私は意図せずしてその対数美的曲線とかを使っていたのだね」

「考えなくても作ることができるんですね。ああそうか、自然界に存在するものだし人間が美と認識するものだから、無意識のうちに使いこなせるんですね。なるほど、これはすごい」

「ちょっと涼君、さっきからちんぷんかんぷんなことばっかり言ってるけど、わたしにもわかるように説明してよ」

千春が言った。涼太はきょとんとして、

「わかるように？　わかるように……えっと、どうやったらわかってもらえるかな。この数式じゃ駄目？」

「全然駄目。数学が苦手なことにかけては、きっと華房さんをはるかに凌駕《りょうが》するレベルだから」

「えっと、じゃあ……」

「人間が美しいと思える曲線は数式にできる、ということですよ」

華房が代わりに言った。

「人は美しいものを単純に美しいと思うだけでなく、どうして美しいのかを知りたいと考えます。自然界で美しいというのはどういう意味を持つのかと考えるひともいれば、人間はなぜその形を美しいと感じるのかと考えるひともいる。美を数式で表すというのも、そうした美への探求のひとつの道筋なのでしょうね」

「探求……そうか、探求なんだ」

涼太は合点したように頷く。

「すごいです。曲線を数式で表す意味なんて考えたことがなかった。でも、そうなんですね。探求なんですね」

「なんか……ひとりで納得してるみたいだけど、わたしには全然わかんないわよ。そんなことはいいから、涼君は食べたいケーキを選んでいらっしゃいよ。わたしはこちらのおはぎと――」

「僕はこれがほしい」

涼太は即座に言った。

「この和菓子、ほしい」

「でも涼君、餡子が駄目なんでしょ？」

「そうなんですか」

華房が少し驚いたように、

「あまりに熱心だから、甘いものが好きなのかと思いましたが」

「この子、甘いものは好きなんです。でも餡子が昔から好きじゃないみたいで。すみません」

「そういう方も多いですよ。あいにくとここには餡を使ったものしか置いてませんが」

千春と華房の会話をよそに、涼太は和菓子を見つめ、

「これがほしい。ほしいんだ」

と繰り返した。

4

家に戻ってくると涼太は買ってもらった和菓子の包装を解いた。桜、紫陽花、菊、椿。四つの花を普段は焼き魚を載せている細く黒い皿に並べ、矯《た》めつ眇《すが》めつ眺めつづける。

「そんなに気に入った？」

急須《きゅうす》に湯を注ぎながら千春が尋ねるが、涼太は返事もしない。

「どうやって……どうやって作るんだこれ？」

呟きながら見つめている。

「どうやってって、手でこねこねして作るのよ」

「手で？　手だけで？」

やっと千春の言葉に反応する。

「もちろん道具も使ってたわね。ヘラとか。でも基本は手で作ってたな」

「この色は？」

「練切《ねりきり》に食紅で色を付けてた」

「練切って？」

「白餡に求肥《ぎゅうひ》を混ぜたもの」

「求肥って？」

「えっと……何だっけ？　聞いたけど忘れた」

「この色合い、微妙に差があるよね。これはどうやったのかな？」

「ごめん、そこまで詳しくはわからないなあ」

さすがに千春も白旗を揚げる。ふたつの湯飲みに焙《ほう》じ茶を注ぎ、

「さあ、食べましょうかね」

「食べるって、何を？」

「そのお菓子に決まってるでしょ」

「ええ？　これ、食べるの？」

「当然でしょ。お菓子を食べなくてどうするの？」

そう言うと千春は自分の分として買ってきた椿の菓子に菓子楊枝《ようじ》を入れ、四分の一に切って口に入れた。

「んー！　これは素敵」

途端に顔がほころぶ。

「美味しい？」

涼太が尋ねると、

「相当、美味しい」

千春は答える。

「涼君も食べてみたら？　餡子嫌いでもきっと食べられるから」

そう言われ、あらためて目の前の菓子を見つめる。

「僕は食べるためじゃなくて、この形状に感動して、だから――」

「四の五の言うんじゃないの。お菓子は食べてなんぼよ。それともずっとそうやって眺めてばかり？　陳列でもしておくつもり？　乾いて固まって黴《かび》が生えるわよ。それじゃあ作ったひとに失礼よね」

「作ったひと……あの華房ってひと？」

「そう。日本でも有数の和菓子職人よ。コンクールで何度も優勝してる腕前なんだから。いつもは自分のお店でこつこつとお菓子を作ってるんだけど、ときどきああいうイベントに出店するの」

千春の話を聞きながら、涼太は菓子楊枝を手に取った。少しためらってから、思いきって椿の菓子に楊枝を刺し入れる。

ほとんど抵抗なく切り分けると、中には白い餡が入っていた。八分の一くらいの大きさに切り、そっと口に運ぶ。菓子の表面は餅とも漉《こ》し餡とも違う、その中間のような食感だった。口の中でそれがほどけていく。舌の上で癖《くせ》のない上品な甘みが広がった。しかし飲み込むと、その味は雪が融けるように消え、後味もない。ただ、甘さの記憶だけは鮮明に残った。

「……ほぅ」

思わず声が漏れた。

「どう？」

千春に尋ねられ、

「すごい。美味しい」

涼太は素直に言った。続けて口に入れる。椿ひとつが瞬く間に消えた。続けて紫陽花を切ってみる。中に入っていたのは黒い漉し餡だった。涼太の脳裏に、あのときのぼたもちの記憶が甦《よみがえ》る。白餡よりハードルが高い。でも食べてみた。

「うわ」

今度は食べている最中に声が出た。餡の味はしっかりとしている。なのにやはり、食べてしまうと残るのは雑味ではなく心地よい余韻《よいん》だった。

「……和菓子って美味しいんだ」

「美味しいよ」

「ほんとに美味しい」

「うん、ほんとに美味しい」

涼太と千春は交互に「美味しい」を繰り返す。

「思い出した。僕、こういう甘い味が好きだったんだ。なのにどうして餡子が駄目になったんだろうな」

「それは……あのぼたもちのせい？　だとしたら、食べたときの状況が悪かったんじゃない？　ほら、あのときの涼君、最悪だったから」

「ああ、そうかもしれない。でも……」

涼太は首をかしげる。

「何か、違う気がするんだよな……ねえ、あのぼたもちってどこで買ったの？」

「あれはねえ、たしか近くのスーパーで買ったと思うけど」

「今でも売ってるかな？」

「売ってるわよ。わたしときどき買って食べてるから」

「そうか」

涼太は立ち上がる。

「ちょっと、買ってくる」

三十分後、目的のぼたもちを手に入れた涼太は、楊枝で表面の餡を掬《すく》い取り、口に入れた。

「……ああ、これだ」

かすかに顔をしかめながら、

「口の中に嫌な後味が残る。これが子供の頃、駄目だったんだ」

「そう？　そんなに違う？」

千春もぼたもちを楊枝で切って食べてみた。

「……うーん、言われてみれば後味があるかな。わたしはそんなに気にならないけど」

「今は僕も我慢できないってほどじゃないけど。味が変わったのかな？」

「そうかもしれないけど、子供の頃って食べ物の好き嫌いが激しいものだからね。そういう違いがあるのかもしれない」

「そうかなあ」

納得できないものを感じながら、涼太は華房の菊の和菓子を食べてみた。

「やっぱり違う。こっちは本当に美味しい。こんなに美しい造形で、味も最高だなんて、すごいな」

残る桜も食べてしまうと、涼太は考え込むような表情になった。

「どういうことなんだ？　どうしてこんなにすごいものができるんだ？」

「そりゃあ、職人さんの腕でしょ」

「腕……」

千春の言葉にさらに考え込む。そして不意に顔を上げると、言った。

「千春さん、あのひとの店ってどこにあるの？」

5

電車を乗り継ぎ二時間かけて到着したのは、かろうじて無人駅になるのを免れているような小さな駅舎だった。駅前にはコンビニが一軒あるだけで、他は古い家ばかりだ。

駅から続く一本道の先には鳥居が見える。スマートフォンの地図アプリで調べると、そこそこ大きな神社があるようだ。どうやらこの道は参道らしい。道沿いにかつては何かの店だったらしい家屋がぽつぽつと建っている。昔はここも参拝客などで賑《にぎ》わっていたのだろうか。今では行き交うひともなく、そんな風情はまったく感じられない。

涼太は歩きながら地図を確認する。目的地まであと少し。

ピーヒョロヒョロ。鋭い声が聞こえた。見上げると大きな鳥が一軒の家の屋根に止まって鳴いている。鳶《とび》のようだ。近づいていくとその家の前に暖簾《のれん》が出ている。

「和菓、はなふさ」

涼太は暖簾に書かれている文字を声に出して読んだ。そしてあらためてその木造の建物を眺める。風情がある、と言えばよく聞こえるが、かなり老朽化した家屋だ。正面はガラスの嵌《は》まった引き戸で、どうやら自動ではないらしい。引いてみると思ったよりスムーズに開いた。

店内に入ると、かすかに香の薫りがした。コンクリートの土間があり、その向こうに木製の枠にガラスを嵌め込んだ昭和レトロなショーケースが並んでいる。近づいてみると中にさまざまな和菓子が並んでいた。

「わあ……」

涼太はガラスに手をかけて見入った。デパ地下で買ったような手の込んだ細工のものもあれば、四角い形の中にいくつもの色を重ねた羊羹《ようかん》や、淡い色合いの三色団子もある。どれも絶妙な作りで、見ているだけで頬がほころんだ。

「いらっしゃいませ」

「わっ!?」

あまりに一心不乱に見ていたので、いつの間にかそこに人がいることに気付かなかった。いきなり声をかけられ、涼太は尻餅をつきそうになる。

「あ、ごめんなさい。驚かせましたか」

先方もびっくりしたようだった。

「あ、いえ……すみません」

姿勢を直し、相手を見た。自分と同い年くらいの女性だ。デパ地下で華房が身に着けていたのと同じ色の作務衣《さむえ》と和帽子姿で、ショーケースを挟んで涼太と向き合っていた。小柄で丸い顔。体つきもふっくらとしている。化粧っ気は感じさせないが色白で、目鼻だちも柔らかな印象だった。

「お菓子、お買い求めですか」

女性に尋ねられ、涼太はひとつ呼吸を入れてから言った。

「華房伊織《いおり》さんにお会いしたいんです。僕は河合涼太と言います。僕がここに来ることは、河合千春から連絡が来ていると思います」

「ああ、河合さん。はい、師匠から聞いてます。ようこそいらっしゃいました」

女性はにこにこと微笑みながら頭を下げた。

「師匠は奥におります。少しお待ちくださいね」

そう言うと彼女は店の奥に引っ込んだ。残された涼太はあらためてショーケースの中の和菓子を眺める。色合いといいフォルムといい、どれも繊細な造りで、見ていて飽きない。

「面白い。じつに面白い」

涼太は呟いた。

「何が面白いんですか」

またも不意をつかれる。先程の女性が戻ってきていた。

「あ、ああ……えっとですね」

涼太は狼狽《ろうばい》を隠しながら、

「その……ニュートンです」

「ニュートン？　リンゴが木から落ちるのを見たひとですか」

「正確にはリンゴが木から落ちるのを見て万有引力の法則を発見したと言われている科学者です。その逸話も本当なのかどうかはわからないんだけど」

「そうなんですか。有名な話なのに」

「はい、そうなんです。そういうわかりやすい逸話ってひとの心に残りやすいんですよね。フランクリンが凧《たこ》を使って雷が電気であることを証明したとか、アインシュタインが時計台の前を通りすぎるバスに乗っていて相対性理論を構築したとか。それが事実だったかどうかではなく、事実だったら面白いなという印象のほうが強くて逸話として定着してしまった。それ自体は悪いことではないかもしれない。僕もフランクリンが嵐の日に命懸けで凧を揚げたって話を子供の頃に読んで、素直にすごいなあって思ったことが科学に興味を持つきっかけのひとつですから。ただそれと史実なのか創作なのかの見極めは別の問題で、きちんとするべきだと思うんですよ」

「あ、はい……なるほど」

女性は涼太の勢いに圧《お》されて少しばかり引き気味になる。

「それで、ニュートンがどうして面白いんですか」

「ああ、それ。ここのお菓子を見ているときに、不意にニュートンの言葉を思い出したんです。〈神はすべてを数と重さと尺度から創造された〉ってやつ。ニュートンってもともと神学者でもあって神の存在を信じてたんですよ。自分の科学は神の成したことを解きあかすことだと思ってた。彼は、神は数と重さと尺度を基準として世界を創造したって考えたんですね。というか、世界の基準はそれらにあるって意味なんだけど。そのことを今、急に思い出したんです。どうしてそんなことを思い出したのか、わかります？」

「わかりません」

女性が即答すると、涼太は頷く。

「そうですよね。僕もじつは、わからない」

「わからないんですか」

「はい、わかりません。でも、ここに並べられているお菓子の美しさを見ていると、これも数と重さと尺度からできているんだなと思えたんです。単純なものから、こんなに美しいものが生まれるんだって」

「なるほど、わかりました」

今度は女性が頷いた。

「それ、素敵なことですね」

「そう！　素敵なんです」

我が意を得たりとばかりに涼太は笑顔になる。

「ここのお菓子を見ていると、ものすごく素敵だなって思うんです。すごいです」

「すごいですね」

女性は繰り返す。

「そういうの、きっと師匠も素敵だなって思います。どうぞ、こちらへ」

案内され、店の奥に向かった。扉を開けると蒸気の匂いと甘い香りが迎えてくれた。

そこは広い厨房だった。中央に大きな作業テーブルがあり、壁際に大型の冷蔵庫、オーブン、そして見たこともない機械が並んでいる。

華房は湯気の立ち上がる蒸し器の前に立っていた。今日も作務衣姿だ。積み上げた蒸籠《せいろ》を持ち上げ、テーブルに置いている。

「少し待っていてください」

涼太のほうを見ずにそう言うと、蒸籠に被せていた布巾を外し、中に並んでいた白いものを箸を使って取り出した。

「これ、何ですか」

涼太が尋ねると、華房はそれを盆に並べながら、

「薯蕷《じょうよ》饅頭《まんじゅう》です。大和芋《やまといも》と上用粉《じょうようこ》といううるち米を粉にしたものを合わせて皮にして、餡を包んで蒸したものです。和菓子の中ではポピュラーなものですよ」

整列した饅頭は真っ白でこんもりと山のような形をしていた。

「この形、双曲線ですか」

「双曲線なら学校で習っているから知ってますが、生憎《あいにく》とそれを意識して作ったわけではありません。ただ整った形にしただけですよ」

慣れた手つきで饅頭を盆に並べ終えると、

「ティンちゃん、これを店へ」

「はい」

ティンと呼ばれた女性は盆を持って店へ戻っていく。

「あのひと、お弟子さんですか」

「ティンちゃんですか。弟子といえば弟子ですね。和菓子に興味があって遼寧省《りょうねいしょう》から来日したんです」

「中国のひとですか。たしかにイントネーションが少し変わってると思ったけど」

「勉強熱心な子です。私も教えられることが多い」

そう言うと、華房は手を洗いながら、

「河合君――あなたの伯母さんからは『甥が会いたいと言ってる』としか聞いていませんが、今日はどういう用件でしょうか」

と尋ねてきた。涼太がそれに答えようとしたとき、女性が戻ってきた。

彼女はぺこりと頭を下げて、言った。

「あらためてはじめまして。林琴《リンティン》です」

と自己紹介した。涼太もお辞儀を返す。

「河合涼太です。今日は華房さんに教えてもらいたいことがあって来ました」

「何を教えてもらいたいのですか」

ティンが質問する。

「和菓子の作りかたです」

「そうですか。河合君は和菓子屋さんになりたいのですね」

「いえ、違います」

涼太は答えてから、少し考えて、

「今の答えは正確じゃなかったです。僕は自分が和菓子屋だけになりたくないとは思ってません。他のいろいろな職業と同じく、今はまだ自分が就きたいと思っている仕事かどうかわからないです」

「河合君、大学では物理を学んでいるんですよね？」

今度は華房が尋ねた。

「正確には物理工学科です」

「ばりばりの理系というわけだ。なのになぜ、和菓子の作りかたを知りたいのですか」

「興味があるからです。材料の特性や製造法などについて知りたいです」

「知って、どうするのです？」

「知ることが目的です。僕はいろいろなことが知りたい。この前デパートで華房さんの作る和菓子を見てから興味がわきました。なのでいろいろと調べてみました。古代の人々が採取していた野生の木の実や果物が『菓子』の起源と考えられること。平安時代に源順《みなもとのしたごう》が編纂《へんさん》した日本最古の漢和辞書である『和名類聚抄《わみょうるいじゅしょう》』に『毛知比《もちひ》』という名前で餅が登場するということ。鎌倉時代に臨済宗《りんざいしゅう》の開祖である栄西禅師《えいさいぜんじ》が中国から茶の種を持ち帰って日本に茶文化が伝えられると同時に菓子もさまざまに発達したということ。それから――」

「よく勉強されましたね。もう結構」

華房が涼太の弁舌を止めた。

「あ、すみません。べらべら喋っちゃって。僕はいつもこうなっちゃうんです。いろんなことを調べて知るのが楽しくて」

「ここへも、その楽しみのためにいらしたんですか」

「そうです。文献やネットでわかる範囲だけでなくて、実際に和菓子を作っているひとに教えてもらいたかったんです。和菓子を作るひとは和菓子職人と呼ばれてますよね。僕が知っている限り職人と呼ばれるひとは、自分たちの経験を積み上げてスキルアップしていく過程で、独自のノウハウを身に付けていくみたいです。それを教えてほしいんです」

「なるほど」

華房は頷いてから、言った。

「お断りします。あなたには何も教えません」

「え？」

いきなりの言葉に涼太は啞然《あぜん》とする。

「どうしてですか。どうして――」

「わからないですか」

そう言ったのはティンだった。見ると彼女の眼がいささか険しくなっている。

「あなた、いきなりやってきて師匠に今まで学んできたことを全部教えろと言ってます。それ、失礼です」

「あ……そうか」

涼太は額に手を当てて、

「そうだ。そうですよね。僕、そういうこと全然考えずに来てしまった。ああそうか。僕は失礼だったんだ。うん」

そう言うと華房に向かって深々と頭を下げた。

「本当にごめんなさい。謝ります。すみません！」

それからティンに向かっても頭を下げる。

「僕の悪いところを教えてくれて、ありがとうございます」

華房とティンは困惑した表情で顔を見合わせ、それからふたりとも同時に笑いだした。

「河合君、もういいですよ。頭を上げてください」

笑いながら華房が言った。

「あなたは面白いひとだ。ねえ、ティンちゃん」

「そうですね。面白い」

ティンも頷く。

「ちょっと失礼だけど」

「河合君、先程の言葉を翻して、ひとつ教えておきましょう」

華房が言った。

「何かを与えてほしかったら、何かを差し出しなさい」

「何か、ですか」

「あなたは私に人生をかけて学んできたことを教えろと言った。その見返りは？　あなたは私に何を与えてくれるのですか」

「それは……」

「若いひとの誤解は、そこにあります。子供の頃から大学まで、ずっと学ぶこと、つまり与えられることばかりしてきた。それが当然だと思っている。でもじつは、あなたたちも与えているのですよ。学んだことで広がるであろう、あなたがたの将来をね。それが世界を動かし、次の世代へと繋いでいく。ギブ・アンド・テイクとはそういうものです」

「それは……考えてもみなかった。そうか……！」

涼太は、大きく頷く。

「それってつまり、作用と反作用のことですよね！」

「それはどうかな……少し違うような気もするけど……まあ、いいでしょう」

華房は苦笑する。

「河合君、あなたはなかなかユニークな発想をするひとですね。面白い。だから先程の言葉をもう少し訂正しましょう。あなたには何も教えません。でも、見ているのはかまいません」

「見るのはいいんですか」

「ええ。邪魔にならない程度にならね。それでいいですか」

「はい。問題ありません。ありがとうございます」

涼太は深々と頭を下げた。

「そうと決まれば。ティンちゃん、着替えを出してくれませんか」

「はい」

ティンはどこからか彼らが着ているのと同じ作務衣を持ってきた。

「これ、着ていいんですか」

「着てもらわないと困ります。汚れた服でうろついてほしくないので。隣の小部屋で着替えてください」

6

「それで、華房さんの店に一日中いたわけ?」

「一日中じゃないよ。夕飯には間に合うように帰ってきたから」

千春にそう言うと、涼太はオムレツを口に入れた。

「あ、中、肉味噌だ。珍しい具だね」

「美味しそうなレシピを見つけたんで作ってみました。で、華房さんのところ、どうだった?」

「すごかった」

ご飯を食べながら涼太は話す。

「あれ、まるで手品だよ。華房さんの手の中で菓子が形になっていくんだ」

蒸して半搗きにした糯米を丸め、粒餡で包んでいく。華房の手から離れたときには、それが丸く整ったぼたもちになっている。

「もっとすごいのが練切。お土産《みやげ》に買ってきたから、見せるよ」

あっと言う間に食事を終えると、「はなふさ」のロゴが入った紙包みをテーブルに置き、開いた。中から出てきたのは、ひとつずつプラスチックの容器に入れられた四つの菓子だった。

「これはすごいね」

千春が感嘆する。緻密《ちみつ》な細工が施され、それぞれ違う模様が作られている。

「白いのが虎、朱色が鳥、青いのが龍、黒いのは亀。四神って言うんだってさ」

「白虎《びゃっこ》、朱雀《すざく》、青龍《せいりゅう》、玄武《げんぶ》ね。見事だなあ。精悍《せいかん》さと愛らしさが同居したデザインよね。菓子とは思えない造形だわ。それにこの色合い。赤も青も黒も全体を染めるんじゃなくて白い練切の内側から色を付けた部分が透けて見えてる。繊細なテクニックだわ。たしかに食べるのがもったいないね」

「でも、お菓子は食べてなんぼ、なんでしょ？」

「そのとおり。わたしもいただいていい？」

「好きなのをどうぞ」

涼太にそう言われ、千春は迷わず朱雀を手に取った。透明な上蓋《うわぶた》を外し、中に入っていた菓子をまじまじと見つめる。そして自分のスマートフォンを持ってきて写真を撮りはじめた。

「他のも撮らせてね。これは資料としても一級品だわ」

四つの和菓子の写真を撮り終えると、千春は朱雀の菓子の前で手を合わせてから菓子楊枝でふたつに切った。

「あ、中は黄身餡なのね。色のコントラストもいい。どれどれ」

一口大に切り、口に入れる。とたんに千春の表情がほころんだ。

「あー、これよこれ。しっとりとした舌触りに厭みのない甘さ。極上だわ」

伯母の賛辞を聞きながら、涼太は玄武の甲羅《こうら》のあたりに楊枝を入れた。中に入っていたのは赤みの強い漉し餡だ。青龍には白餡、白虎には黒みの強い漉し餡と、四つの菓子それぞれに中に入れた餡の色合いが違う。

「芸が細かいなあ、華房さんは」

千春が感心したように言うと、

「うん、すごくよく考えられているよ。和菓子作りってものすごく緻密な作業だよね。それでいて、結構大胆だったりする。餡とか大きな釜で一気に煮るし。でもこういう色違いの餡は少量だけ、鍋で作ってた」

話しながら涼太は玄武の菓子を口に運んだ。一瞬、子供の頃の餡子に対する嫌な記憶が浮かんだが、舌に乗った餡の滑らかな味わいが、そんな記憶を洗い流した。

「ああ、美味い」

思わず声に出す。

「美味しいねえ」

千春は煎茶を一口啜《すす》り、

「美味しいって、幸せだねえ」

と嘆賞する。

千春はさらに白虎を、涼太は青龍を食べた。

「眼でも舌でも至福を味わえました。ありがとう」

千春は消えてしまった和菓子に礼を言う。

「それで涼君、どうなのよ？」

「どうって？」

「だから、華房さんの仕事を見てさ。何か思うところはあった？」

「うん、あったよ。僕は道を間違えていたとわかった」

「どう間違えてたの？」

「僕は理論ではなく実践の人間になるべきなんだ。僕は理屈っぽい人間だとみんなから言われてきたし、自分でも多少はそうなのかなと思ってた。でも僕は理屈でものを考えたり喋ったりするのが癖であるだけで、理屈が好きなわけじゃない」

「そうなの？　涼君って理屈大好き人間だと思ってた」

「まあ好きか嫌いかで分けたら、好きなほうだと思うよ。でも理屈を考えつづけることが自分に合っているとは思わない。理屈を考えた上で、何かをしたい。ずっとそう思ってきたんだ。その何かっていうのが、華房さんのところでわかった。僕は、ものを作りたいんだ」

「ものを、作る？」

「自分がいいと思うものを作りたい。……いや、もっとはっきり言うと、僕は和菓子を作りたい」

「それは趣味でってこと？　休日に手の込んだ料理とかスイーツとかを作るみたいな」

「違う。僕は和菓子職人になりたいんだ」

涼太の宣言に、千春は一瞬黙ってから、

「これはまた、話が跳躍したわね。和菓子職人？　華房さんみたいな？」

「そう、華房さんみたいな」

「……うーん、ちょっと待って。わたしも冷静にならないと」

千春は頭を抱えて少しばかり沈思黙考した後、

「いくつか疑問があります。まずひとつ、どうして？」

「和菓子を作りたいから」

「だから、どうしてそう思ったの？　ただ華房さんの手細工に惚《ほ》れただけ？」

「もちろんそれもあるけど……」

涼太は和菓子を食べ終えた皿を見つめて、

「それだけでもないんだ」

掌《てのひら》を器のようにして薄桃色の練切を包み込む。もうひとつの手の指を添えながら掌の中で揺らすように回転させていくと、練切はみるみる形を整えていった。

次に三角柱の木ベラを練切の表面に当てていく。これもまた流れるような手つきだった。見る間に花びらのような形の筋がいくつも付けられていった。

木ベラの筋付けが一周すると、ヘラの先で中心に凹みを作り、盆の上に置く。続いて黄色い練切を裏ごし器の目に押しつけ、反対側から出てきた細かいものを箸の先でそっと取って、盆に置いた練切の凹みに載せた。

「わお……」

涼太は思わず声を洩らす。そこには淡い桃色に咲く菊の花があった。中央の黄色い蕊《しべ》がアクセントとなって、その姿を引き締めていた。

「これ、どうやったんですか」

涼太が尋ねると、

「今、見せたとおりです。手で仕事をしただけですよ」

「でも、どうして指とかヘラとかだけでこんなに繊細な細工ができるんですか」

涼太が重ねて問うと、

「学んだからです。学んで、練習した。それだけ」

「学んで、練習……」

涼太はその言葉を繰り返し、少し考えてから、言った。

「学んで練習したら、僕にもこれ、作れますか」

「できません」

否定したのは側にいたティンだった。

「師匠は天才です。他には誰もこんな美しい菓子は作れません」

「私が天才かどうかは別として」

華房はまた苦笑しながら、

「ひとには向き不向きがあります。手先が器用でないと、なかなか難しいでしょうね。あなたは器用なほうですか」

「大学でハンダ付けの講習を受けたとき、講師に褒められました」

「ハンダ付けとお菓子作りは違います」

またティンが異論を唱える。

「一緒にしないでください」

「そうだね。ハンダ付けとは違うかもしれない。でも」

と、華房はまた餡を丸め、それを練切で包んだ。今度は細工をせず、丸めたものを盆に載せた。それから涼太の前に練切と餡を載せた取り板を置いた。

「やってみますか、包餡」

「はい」

涼太は即答する。

「師匠！　素人《しろうと》にやらせるなんて」

またもティンが抗議する。

「わたしだってまだ、そんなにさせてもらえないのに」

「ティンちゃんもやってみてよ」

華房は言った。

「腕前を見せてあげて」

「……わかりました」

ティンは涼太をひと睨《にら》みすると、彼を押し退けるようにして作業に取りかかった。練切を平たく延ばして丸めた餡を載せ、掌で回しながら包んでいく。手つきだけ見るなら、それほど拙《つたな》くもなさそうだった。ただ華房よりかなり時間がかかっていた。

「……できました」

完成したものを盆の上に置いた。一応練切は餡全体を覆っている。だが涼太の眼から見ても歪《ゆが》みと偏りは明らかだった。中の餡が練切越しに透けて見える部分がある。華房のそれとは、比ぶべくもない。

「河合君、次はあなたです。私とティンちゃんがやっていたのは見てましたね。そのとおりにやってみてください。まず手を洗って」

「あ、はい」

きちんと洗浄した手で餡を丸める。それから練切の塊《かたまり》から目分量で千切り取り、丸めた後で平らに延ばして餡を載せた。左の掌をすぼめて練切を餡の周囲に馴染ませ、回してみる。が、思ったようには回らない。指を上下させても手の中の練切は動かない。右指でなんとか餡を包もうとした。しかし華房やティンがやったようにはならない。無理をしているうちに練切が破れてしまった。

「そこまで」

華房が言い、涼太は手を止める。盆に置かれたものは、餡を練切が四分の三程度しか包めていなかった。

「たしかに難しいですね。うん、なかなか難しい」

「当然です」

ティンが自慢げに言った。

「わたしだって、ここまでできるのに一年かかりました」

「そう、一年でここまでできた。ティンちゃんは筋がいいよ」

華房に褒められ、ティンはにっこり微笑む。

「ティンちゃん、どう思う？　彼に和菓子を作る才能はあると思うかな？」

華房が問うと、ティンは涼太の〝作品〟をまじまじと見つめ、

「練切の厚みが均一でないし、包餡も下手《へた》ですね。才能、ないです」

と断言した。

「なるほどね。ところでティンちゃん、初めて包餡を教えたときのことを覚えているかな？」

「もちろん覚えてます」

「そのときの君の最初の作品、どうだった？」

重ねて尋ねられ、ティンは言葉につまる。

「それは……あの……下手でした」

「そう。かなり下手だった。あのときの君と、今日の河合君を比較して、どうかな？」

「……どうって……うーん……」

「下手という点では、どっちもどっちだね。でもその下手な作品を見て、私は君に和菓子の作りかたを教える気になった。素質があると思ったからだ。そして河合君」

「はい」

「君は私が作ってみろと言ったとき、躊躇《ちゅうちょ》せず作りはじめた。その一点でも私は、君を評価するよ。ためらわずにチャレンジできるというのは、ひとつの才能だから

ね。それに」

と、華房は腰を下げて涼太が包んだ練切を真横から見つめた。

「これは形は悪いが、肝心のところをクリアしている。量だ」

「量？」

「私が作ったものと、ほぼ同じ大きさになっている。目算でこれができるのは、たいしたものだよ」

そう言ってからティンに向かって、

「君の素質も同じだ。分量が眼でわかっている。他の職人がどう評価するか知らないけど、私はそれが重要な素質だと思っている。だから君をここに置いている」

「師匠……わたし――」

「じゃあ、僕もここに置いてくれますか」

涼太は急《せ》くように言った。

「僕を弟子にして、ここで和菓子の勉強をさせてもらえますか」

「おや？　君は和菓子職人になるつもりはなかったのでは？」

「さっきまでは、そうでした。でも今は違います」

涼太は華房を見つめた。

「今、練切を触って包んでいるとき、なんていうか……すごく楽しかったんです。いや、ちょっと違うな。楽しいじゃない。興奮？　刺激？　高揚？　なんか、そんな感じ。今まで感じたことのない感覚です。うまくできなかったのに、もっとやりたいと思った。これ、すごいです」

言葉がまとまらないまま、涼太は思いを語りつづけた。聞いている華房は静かな表情で彼の言葉が終わるまで待って、言った。

「その気持ちを、ずっと持ちつづけることができると思いますか」

「えっと……どうだろう？　正直に言うと、わかりません」

涼太は言う。

「でもこの感覚は、もっと感じたいと思います。ただ練切を丸めるだけじゃなくて、華房さんのお菓子みたいにきれいな細工もしてみたい。自分で菓子のデザインもしてみたい。そんな気持ちが今、溢《あふ》れてきてます」

「それ、アレだと思います」

ティンが言った。

「あの、一時期？　一時間？　の迷い？」

「一時の気の迷い、だね」

華房が言いなおした。

「河合君、君は思ったより直情径行な人間みたいだね。しかし気をつけたほうがいい。ティンちゃんが言うとおり、自分の人生を決める判断を軽々にしてはいけないよ。和菓子作りを面白いと思ったことはいい。でもその気持ちがどれだけのものか、自分で認識すべきだ。君は大学を卒業したら院に行くつもりだと河合さんから聞いている。つまり研究の道に進もうと思っているわけだ。だったらそちらに進んで、和菓子作りは趣味程度でやるというのはどうかな。カルチャーセンターで和菓子作りを教えてくれる教室なら、いくらでもあるよ。そこに通えばいい」

「そうじゃないんです」

涼太は首を振った。

「僕は今、はっきりとわかりました。やるべきことはこれだって。和菓子を作る人間になりたい」

ティンはきょとんとした顔になり、それから華房に言った。

「師匠、このひと、バカか?」

「ティンちゃん、言葉遣い、気をつけて」

「でも、このひと、バカだと思う。師匠は思いませんか」

ティンに重ねて訊かれ、華房は少し複雑な表情を見せる。

「……まあ、その判断は措いておくとして。河合君、君には一度冷静に考えることを勧めます。そしてもし熟考の末、やはり和菓子職人になりたいと思うなら、大学院に進むことをやめなさい」

「はい、やめます」

「だから即断しないで。ご両親とも相談しないといけないでしょう?」

「両親はいません。伯母と伯父がずっと親代わりです」

「それは……失礼しました。どうも君はいろいろと爆弾を抱えているようだ」

「爆弾っていうほど大変なものじゃないんですけど。どうして両親がいないかっていうと――」

「君の生い立ちは、今は話さなくていいです。では親代わりの方とよく相談してください。大学院に行かないというのは自分の人生にとって一大事ですから」

「わかりました。よく考えます。でも先生、よく考えてそれでも和菓子職人になりたかったら、ここで教えてくれますか」

「私は君の先生ではありません。それは心得違いをしないように。それと、もしも君がどうしても和菓子職人になりたいとしても、ここでは教えられません。学校に行きなさい」

「学校？　和菓子の作りかたを教えてくれる学校なんてあるんですか」

「あなた、無知です」

ティンが言った。

「ちゃんと専門学校があります。わたしもそこを卒業して、ここに来ました」

「そう。ちゃんと基礎を学んで、ある程度の技術を身に付けなければ、店での修業はできませんよ」

「学校……そうか、学校があるんだ」

涼太の声が弾んだ。

「学校で学べばいいんだ。そうだ！」

「……師匠、このひと、なんかひとりで盛り上がってますよ」

ティンが聞こえよがしに言った。

「こんなに無知なひと、本当に師匠が教えるんですか」

「教えるかどうかは、製菓学校を無事に卒業して、それなりの腕前になったかどうか見極めてからです」

華房は言った。

「まあ、楽しみにしていましょう」


「うーん……」

涼太の話を聞いて、千春はまた唸《うな》る。

「涼君の飛躍についていけない。ためしに一個和菓子を作らせてもらっただけで和菓子職人になるって決めたわけ？　それで製菓学校に通う？」

「そう。通いたいんだ。帰りにスマホで調べてみたんだけど、意外に近いところに学校があってさ、そこなら通いやすいと思うんだけど」

「結論を急がない。その前に確認したいことが山ほどあるから。今までは大学院に行くって言ってたよね。こっちもそのつもりで準備してたんだけど、どうするの？」

「やめる」

涼太はあっさりと言った。

「だって両方は通えないから」

「やめるって、あっさり言うけどね、どういうことだかわかってる？　自分の人生を全然違う方向に向けちゃうんだよ。それをたった一回お饅頭を作っただけで決めちゃうわけ？」

「お饅頭じゃなくて練切だけど」

「今はそのへんの話はいい。問題にすべきは君の考えかただよ。なにその軽さ。カットソーを買いに出かけたけど途中で見かけたバッグが気に入ってそっちを買っちゃった、みたいなノリ」

「カットソーって？」

「後でググりなさい。前にも言ったよね、涼君は興味が次から次へと移っていっちゃうって。今回もそうなんじゃないの？　研究から和菓子にちょっとだけ興味が移っただけ。だとしたら、また別のものに興味が移っちゃうかもしれない。次は犬のトリマーになりたいとか、デイトレードで儲《もう》けたいとか言い出すかもしれない。でもね、ただ興味が湧《わ》いたってだけで将来のことをころころ変えていくわけにはいかないんだよ」

「それはわかってる。僕もいきなり華房さんに『弟子にしてくれ』なんて言ったのは若気の至りだと思う」

「本人が『若気の至り』なんて言うかな」

「じゃあ、若さゆえの過ち？」

「それはセンセの口癖」

「とにかく、その場の勢いで言っちゃったのは反省してる。でも口に出して言ったら、わかった。これは僕の本気だって。輸送物性のことをゼミで話してても、こんな感じにはならなかった」

涼太はもうひとつの紙包みをテーブルに置いた。中から出てきたのは歪《いびつ》な形の練切だった。

「これが僕の作った最初の菓子」

「遠慮なく言うね。たしかに下手くそだわ」

「僕もそう思う。でもね、作っている最中にちょっとだけ上手くいったところがあるんだ。この横のところ、他のところに比べてきれいでしょ」

「まあ……比べればね」

「ここができたとき、すごく気持ちよかったんだ。練切が手に馴染んで、すっと広がった感じ。すぐにまた駄目になっちゃったんだけど。でも、ちゃんと練習すればこの感覚がずっと感じられるんだって思ったら、これをやりたいって思った。それと、きれいな造形もやりたい。手の中でいろいろな形を作り出してみたい。和菓子っていろいろな楽しさが詰まってるんだ。お願い千春さん、和菓子の勉強をさせて。お願いします！」

涼太は自作の菓子を前にして、千春に頭を下げた。

「頭、上げなさい」

千春が言う。涼太はそっと顔を上げて、

「許してくれる？」

「駄目。まだ許さない」

千春は首を横に振る。

「だってやっぱり君の気まぐれだって疑惑が拭《ぬぐ》えないからね。明日には『やっぱり芸人になりたい』なんて言い出すかもしれない」

「でも……じゃあ、どうしたら信じてくれる？　僕が本気だってわかってくれる？」

言い募る涼太に、千春は答えた。

「センセに判断してもらいましょう」

「修さん？」

「帰ってきたら三者面談ね。その上で結論を出す」

「修さんが〇Kって言ったら、千春さんも〇Kしてくれるの？」

「いいえ。センセの意見を聞いて、その上で君の話に納得できたら認めましょうって話」

「わかった。でも、修さんはいつ帰ってくるの？」

「明日。夜の八時過ぎには帰宅する予定だって。涼君、それまでにわたしとセンセを充分に納得させられるプレゼンを考えといて。特にセンセをね。あのひと、君を大学院に行かせたがってたから。末は博士か大臣かって」

「なにそれ？」

「立身出世《りっしんしゅっせ》は男の本懐《ほんかい》」

そう言って千春は微笑んだ。

7

「別にいいんじゃない、それも」

修はあっさりと言った。

「え？　いいの？　ほんとに？」

逆に涼太のほうが戸惑う。

「いいも何も、涼太の人生でしょ。決めるのは自分じゃん。好きなこととして生きればいいじゃん」

「ちょっとセンセ、ここはもうちょっと保護者らしいこと言ってくれないかな」

さすがに千春からクレームがついた。

「涼君の一生がかかってるんだからね。一時の思い込みで突撃して失敗したらどうするの？」

「それもいいんじゃないかな」

修はロックグラスの酒を一口啜って、

「あー、やっぱりジャパニーズ・ウイスキーはいい。どうもあのバーボンってやつは口に合わないんだよなあ。なのにジョージの奴、やたらあればっかり飲ませてくるんだ。もう金輪際トウモロコシで作った酒なんか飲まないからな。なあ涼太」

アメリカ滞在の間に伸びた髭《ひげ》に顔の半分を覆われた修は、度の強い眼鏡《めがね》の奥から柔和な視線を涼太に送った。

「僕は飲まないからわからないけど」

涼太は言う。

「それよりさ、僕のプレゼン、ちゃんと見てくれた？　せっかく用意したんだけど」

と、ふたりの前に置いたタブレット端末を指で示す。ディスプレイに「理系の大学で学んだ僕が和菓子職人になるべき理由」という文字が躍っている。

自分で作った図表やグラフなどを表示させながら涼太はふたりに説明した。このまま研究者となった場合の自分の有り得べき将来像、大学院に進まず就職を希望した場合に就ける職種、そして和菓子職人へと希望を変えた場合の展望など。涼太なりにしっかりと調べた上で作り上げた資料だった。それをすべて説明し終えた後、即座に修から出た言葉が先程の「別にいいんじゃない、それも」だった。同意を得られたのは喜ばしいが、労力が報われた気がしない。

「もう一度言うよ。大学院に進んだ場合、学費は二年間で約百四十万円かかる。それに対して製菓専門学校に入学すると入学金や授業料とかいろいろ含めて二年間でおよそ二百八十万円、倍かかるんだ。それでもいいの？」

「よくないな」

修は言った。

「自分の進路を考えるときに『どっちが金がかかるか』なんてことで決めてしまうのは、すごくよくない」

「でも……」

「たしかに世の中にはそういう経済的なハードルを考慮しなきゃならないひともいる。うちだって富豪じゃない。君にしてあげられることには限りがある。でもね、できるだけのことはしてあげたいと思う。少なくとも自分にできるだけのことはね。だから君は俺にこう言うべきなんだ。『製菓学校に行くための学資を出してくれ。精一杯勉強するから』って」

「それだけで、いいの？」

「それで充分だ。君の学資分くらい稼いでみせるさ。死ぬ思いで原稿を書いて一生懸命売ってもらって、もしも売れなかったらまた書いて、それも売れなかったらまた書いて、また書いてまた書いてまた書いて――」

「ちょっとセンセ、どれだけ仕事するつもり？　体壊すよ」

千春が言うと、修は笑いながら、

「壊れない程度に頑張るよ。幸い今のところ原稿依頼はいくつかあるしね。これでもう少しアメリカで俺の本が売れてくれれば、それか日本でアニメ化とかされてどーんと評判になれば、涼太を十年くらい製菓学校に通わせられる」

「そんなに行かなくていいよ。学校は二年。その後は華房先生のところで修業するから」

「ＯＫ。じゃあ二年ってことで。あ、そうそう。ひとつだけ条件を出そうか」

「何？」

「和菓子職人になったら、毎月一回、俺たちに和菓子を献上すること」

「献上って。それくらいならいいけど」

「それともうひとつ」

「条件はひとつって言ったのに」

「思いついたんだよ。もしも途中で和菓子職人になることを諦《あきら》めたら、そのときはこの家から出てもらう」

「ちょっとセンセ――」

言いかける千春を制して、修は続けた。

「もういい歳なんだから、どっちにせよ独立していい頃合いだよ。千春さんだっていつまでも保護者してるわけにいかないでしょ」

「いいわよわたしは。ずっと涼君のご飯作っても」

そう言ってから、千春は涼太に向かって、

「でもたしかに、独り立ちしてもいいわよね。炊事洗濯はひととおり仕込んであるし」

「洗濯機の性能なら、千春さんよりよく知ってるよ。マニュアル読み込んだし」

「テレビもパソコンも電子レンジもよね。ああ、人間取扱説明書がいなくなっちゃうのは困るなあ。やっぱり家を出てくの、やめにしてくれない？」

「却下」

そう言ったのは修だった。

「千春さんも子離れしなさいな。涼太がすぐに家を出ていくわけじゃないんだしさ。とにかくこれで、三人の今後の人生設計が決まったな。じゃあ、前途を祝して乾杯しよう」

修に言われ、千春はワイングラスを、涼太は炭酸水の入ったコップを手にする。

「よし、かんぱーい！」

三つのグラスが重なって音を立てた。

第二章　お菓子の学校のおかしな仲間

1

午前六時半に目覚ましが鳴った瞬間、遠野寿莉《とおのじゅり》は手を伸ばし停止ボタンを押した。即座に掛け布団をはね除け、ベッドを飛び出す。寝起きはすこぶる良いほうだった。

一階のキッチンに行くと、母の菜津《なつ》がすでに朝食を用意してくれていた。ブロッコリーとトマトのサラダに目玉焼きとトーストそれにコップ一杯の牛乳。毎朝ほぼ変わらないメニューだ。自分でカップにティーバッグを入れてポットの湯を注ぎ、手を合わせて「いただきます」と呟いてから牛乳をひと口。喉を湿してから食事に取りかかった。

卸売《おろしうり》会社に勤めていて朝の早い父永治《えいじ》はすでに家を出ていた。母もすでに食事を済ませている。今日は快晴、と告げるテレビを観ながら七分ほどで食べ終えた。すぐさま食器をシンクに運んで洗いはじめる。自分が使った食器を自分で洗うようになったのは高校を卒業してからだった。

「手際、よくなったね」

スポンジで皿を洗っている寿莉に出勤準備を終えた菜津が話しかけた。

「学校でもやってるから」

ぶっきらぼうな言いかたになるのは機嫌が悪いのではない。これが彼女の通常運転だ。昔から交友関係は乏しかったが、その希少な友達にも「寿莉は塩対応だよね」と言われていた。「もうちょっと愛想よくしたら？　かわいいんだから」と。

自分がかわいいとは思わないが、愛想よくすべきという助言は、できれば受け入れたいと思っていた。しかし、できないのだ。無理に笑顔を作ろうとしたり甘えたようなことを言おうとすると、心の中にナマハゲが現れて「柄《がら》にもねえことをする子はいねえかあ？」と荒ぶるのだ。ナマハゲはテレビでしか観たことがないのだけど。

「学校、楽しい？」

母に唐突に訊かれ、寿莉は一瞬皿を洗う手を止める。

「……うん」

返答するのに少し間を置いてしまったことに寿莉は内心うろたえている。本心を隠して嘘をついたみたいに思われそうだ。違うのに。誤解を解かなければ。

「……面白いよ。いろいろ」

ああ駄目だ。自分でもすごく言い訳めいて聞こえる。

「そう」

菜津は短く答えてキッチンを出ていった。程なく玄関ドアの開閉する音がして母がコンビニに向かったのがわかる。買い物ではない。パートで働いているのだ。近所の知り合いと顔を合わせては決まりが悪いので、駅ひとつ離れたところの店に勤めている。

母さん、きっと誤解したままだ。寿莉の胸に後悔の思いがもったりとわだかまる。どうしてこうなんだろう。もう十九歳なのに、自分のコミュニケーション能力の無さが情けなくなる。せめて自分の肉親にはもっと自然に振る舞えないのか。いや、肉親だからできないのかも。かといって他人にはなおさら無理だ。つまり誰に対してもこういう態度しか取れないのが自分という人間なのか。

歯を磨き顔を洗い髪を整え、と朝のルーティンをこなしつつ考えた。昨日今日の話ではない。物心ついたときからずっと、寿莉はこういう自分を持て余してきた。

自分を変えたい。これは本気で思っている。今の学校に入ったのも、これまでの自分を変えたかったからだ。

鏡で自分の外観をチェックすると、部屋中の戸締りと火の元をひととおり確認してから家を出た。梅雨《つゆ》の晴れ間の空は青い。

駅まで徒歩八分。やってきた各駅停車に乗り込んで二十五分。降りた駅は相変わらず人の行き来が激しい。いまだにその流れに乗りつつ自分の行きたい方向へ歩いていくコツが摑《つか》めない。それでもなんとか構内を抜け出してさらに徒歩十二分。七階建ての白いビルが見えてきた。

その壁面には赤い文字で大きく名前が掲げられている。

タジマモリ製菓専門学校。

その名のとおり、菓子作りの専門学校だ。生徒はここで二年かけて、洋菓子、和菓子、そしてパン作りについて学ぶ。

「タジマモリ」というのは『日本書紀《にほんしょき》』に出てくる田道間守命《たじまもりのみこと》という人物の名前から採られた、と入学案内に書かれていた。田道間守命は天皇に命じられ常世《とこよ》の国にあるという不老長寿の効用を持つ果実「非時香果《ときじくのかぐのこのみ》」を探し出す旅に出て、苦労の末にその苗を日本に持ち帰った。当時は果物や木の実のことを「果子《かし》」と呼んでいて、それをもたらした彼は後に菓子の神様として崇《あが》められるようになったとのことだ。田道間守命が日本に持ってきた非時香果というのは、今でいう橘《たちばな》のことらしい。でも橘の実を食べて不老長寿になったひとはいない、と入学式で校長が話していた。田道間守命に非時香果探索を命じた天皇も彼が日本に戻ってくる前に亡くなっていて、せっかくの橘を口にすることもできなかったそうだ。

「しかし田道間守命の努力は無駄ではありませんでした。彼が持ち帰った非時香果は品種改良の結果、今では蜜柑《みかん》として一般に流通しています。そして菓子にもいくつものバリエーションが生まれ、今日に至っています。先人の努力は実を結び、このタジマモリ製菓専門学校も、そうした歴史の上に立って皆さんが学ぶ場を用意しました。これから二年間、共に学びましょう。そして次の歴史を作っていきましょう」

製菓学校というよりＩＴ企業のＣＥＯみたいな若い校長のスピーチを、寿莉はなぜかときどき思い出す。自分が菓子の歴史の先端に立っているというイメージが頭の中に居ついたのだ。自分が歩けば、その歴史に新たなページが作られる、のだろうか。そんな大それたことが――。

「寿莉、おはよ」

いきなり声をかけられ、彼女の追想は破られた。振り返るとショートカットの背の高い女子が、にこやかな表情で立っている。

「……あ、おはよう」

おずおずと挨拶を返すと、彼女――堂島爽菓《どうじまさやか》は軽く頷いて、

「うん、今日の寿莉の服、かわいい」

と言った。

「そう、かな？」

「寿莉には紫、似合うよ」

さばさばとした言いかただが、ぶっきらぼうではない。

「そう、かな……」

寿莉は同じ言葉を繰り返す。本当は「堂島さんだって、その服かわいいよ」と言いたかった。実際、ローズピンクのカットソーもデニムのスキニーも肩にかけているトートバッグも統一感があって似合っている。似合っているって言いたい。

寿莉のそんな逡巡《しゅんじゅん》を知ってか知らずか、爽菓はにっこりと笑い、

「行こ」

とだけ言って歩きだす。寿莉は慌ててその後を追った。

授業は朝九時半から始まる。九十分の授業が一日四コマ。それが月曜から金曜まできっちりあった。もちろん菓子作りの実習もあるが、座学、つまり教室での講義形式の授業もある。製菓業に就く者には必須な衛生法規に公衆衛生学、食品学、食品衛生学、栄養学、製菓理論、そして菓子にまつわる社会学や菓子店経営論なども学ぶ。二年次には製菓衛生師の国家試験のための対策やフランス語の授業まであった。

入学して三ヶ月。寿莉も学校生活にやっと慣れてきた。といってもコミュ障全開の寿莉には今でもまわりに乗り越えがたい壁を感じることが多かった。

爽菓は逆に、他人との間にそうした壁を作ることがないようだった。実習では五人一組の班で学ぶということで、そのメンバーが教師から発表されると、

「同じ班だね。これからよろしく」

いきなり手を差し出された。おずおずと出した手をしっかり握られ、ぶんぶん振

られた。

爽菓は班の他のメンバーにも同じように接した。そのおかげで五人は結構スムーズに打ち解けることができた。寿莉でさえ、彼らには少し話しかけられるようになった。おかげで学校生活はとても穏やかで楽しい。

そういうことを今朝《けさ》、母に話したかったのだけど。

それにしても、と寿莉は教室の椅子《いす》に腰を下ろしながら思う。先生は何か意図があってあの五人をひとつにまとめたのだろうか。「A班」と名付けられているということは、真っ先にこの人選がされたのか。

「おはよ。おはよ」

爽菓は教室にやってくる誰彼なしに声をかける。挨拶を返してくる者もいるが、まるで無視する者もいた。しかし彼女はかまわない様子で、今日も溌剌《はつらつ》と声をあげる。「おはよ！」

「堂島さんってさあ」

突然声をかけられ、寿莉は思わず椅子から飛び上がる。

「あ……峯崎《みねさき》さん……」

振り返ると、隣の席に小柄な女子が座っていた。いつの間に来たのか、全然気付かなかった。いつもそうだ。彼女——峯崎朱音《あかね》は音もなく忍び寄る。本人は全然忍び寄っている自覚はないようだが。

「朝ドラだよね」

朱音が言う。

「え？」

「堂島さん。前向きで明るくて朝ドラのヒロインみたい」

「そうなの？　朝ドラ観てないからよくわからないけど」

「わたしも観てない。でも、そんなイメージ。憧れるなあ」

やっかみで言っているのではないようだった。

「きっと堂島さん、いろいろなひとを助けて、そしていろいろなひとに助けられて成功するんだよ。性格ひとつで人生勝ったも同然だよね」

訂正。少しはやっかみが入っているかも。しかしそういう朱音も自分から見れば充分に陽キャなのだけど、とガーリーなブラウスを着ている彼女を見て思う。この前「クラブに行った」とか言ってたし。

「田城《たしろ》さん、おはよ」

またひとり、爽菓が教室に入ってきた女子に声をかけた。

「おはようございます、堂島さん」

丁寧な口調で応じたのは爽菓よりも長身な女性だった。肩まで伸びた髪は優雅なウエーブがかかり、レトロなシルエットの花柄ワンピースと相まって、なんとも優美な趣《おもむき》がある。

「田城さんってさあ、エコっぽいよね」

またも隣の朱音が言う。

「サスティナブルを意識してますって感じ」

「サス？」

「サスティナブル。『持続可能な』って意味。地球の環境を維持するためにがんばろうって」

「田城さんが、そんなこと言ったの？」

「言わない。でも言いそう。ほら、実習に使ってるエプロンもリネンだし」

麻のエプロンを使っていると地球環境のためになるのかどうか、寿莉にはよくわからない。でも田城さん――田城陶子《とうこ》は確かに自然派っぽい雰囲気をまとっている。

その自然派な陶子は爽菓の隣に座った。誰とでも親しくする爽菓だが、陶子とは特に親密だった。すらりとしたふたりが並んでいると雑誌のモデルのようで、教室内でも一際目立つ。

陶子も爽菓や朱音と同じく、寿莉のいる班のメンバーだ。こうして見ると、他の班と比べても変わった人間が揃《そろ》っているような気がする。なにせもうひとり、とびきりユニークな人間がいるし。

そのひとりは、始業時間ぎりぎりになって教室へやってきた。

「河合さん、おはよ」

すかさず爽菓が声をかける。

「おはようございます」

声をかけられた彼は一旦足を止め、礼儀正しくお辞儀をして、また歩きだした。

が、不意にまた立ち止まり、

「遠野さん」

と、いきなり寿莉に呼びかけてくる。

「あ、はい？」

おっかなびっくりで応じると、彼は姿勢を正して、

「ガラクチュロン酸とガラクチュロン酸メチルエステルでした」

と言った。

「…………はい？」

「先週の疑問の答えです」

「……わたし、何か訊きましたっけ？　ガラク？」

「カルボキシル基を持つガラクチュロン酸とカルボキシル基がメチルエステル化したガラクチュロン酸メチルエステルが結合したのがペクチンです」

理路整然と説明されたが、正直何を言ってるのかよくわからない。

「遠野さん、先週『ペクチンって何でできてるのかな？』って言ったよね」

朱音に言われ、思い出した。確かにそんなことを言った気がする。ジャムなどの増粘剤として使われる、とだけ授業で説明されたのだが、その授業後にふとそんな疑問に駆られて口にしたのだ。それを彼が覚えていたらしい。

「製法としては授業で習ったとおり柑橘類《かんきつるい》の果皮を加水分解して分離した後にアルコール沈殿させることで抽出されることが多いのですけど、製法の違いでエステル化度が五十パーセント以上のＨＭペクチンとそれ未満のＬＭペクチンに分類されます。エステル度の高いもののほうがゲル化性は強くなるんだけど、ＨＭペクチンが酸や糖の添加によりゲル化するので糖分と酸味の強いジャムを作るときに増粘剤《ぞうねんざい》として使われるのに対して、ＬＭペクチンはカルシウムイオンやマグネシウムイオンといった2価のイオンが存在するときにゲル化します。だから牛乳などを使った製品であまり甘味や酸味のない食品の増粘剤として適しています。これでいいでしょうか。質問の答えになっているでしょうか」

「あ……はい」

曖昧に頷く寿莉。じつは言われたことの二割も理解できていない。

「ひとつ質問があります」

代わりに尋ねたのは爽菓と並んで座っていた陶子だった。

「ペクチンが人体に何か悪い影響を与えるようなことはないんでしょうか」

「ペクチンは食物繊維ですから、人間の持つ消化酵素では分解されません」

彼は即座に答えた。

「むしろ小腸の上皮細胞がペクチンの作用で増殖して絨毛《じゅうもう》が伸びたという報告がありました。絨毛が伸びることで健康にどのような影響が及ぼされるかについてはまだ研究段階のようですが、栄養を吸収するという絨毛の働きからすると悪いことではないと思います」

「なるほどそうですか」

陶子は頷く。

「名前からして化学物質かと思ってました。悪いものじゃないんですね」

「ペクチンは化学物質ですよ。そもそも化学物質とは元素や元素が結びついたもののすべてを言います。自然に存在するものも人工的に作り出されたものも、すべて化学物質です。僕らの体も化学物質だけでできてます」

「え？　そうなんですか。知らなかった」

そう言ったのは爽菓だった。

「河合さん、さすがに物知りですね」

「僕は物知りではありません」

彼は即座に否定する。

「ペクチンのことも先週はじめてここで教えてもらって、遠野さんの質問に答えるために調べました。僕はまだ知らないことがたくさんあります。だからここへ学びに来ています」

「はあ……」

感心すべきかどうか迷ったかのように、爽菓が曖昧な返事をした。

「河合さんってさあ」

朱音が寿莉に言った。

「理屈っぽいよね」

言われなくても、そう思う。

やっぱり一番の変人だ。彼——河合涼太は。

2

専門学校へは、ほとんどの者が高校卒業後に入ってくる。だから教室の生徒はほぼ同年代だ。タジマモリ製菓専門学校の生徒も然り。男女比は2対8で女子が多い。

その点でも河合涼太は異色だった。男子で、しかも大卒だ。それもめちゃくちゃ有名な大学を出ている。しかもしかも、大学では物理工学を学んでいたという。つまり、バリバリの理系人間ということだ。

そんな人間が一体どうして製菓学校に通うことになったのか、寿莉にはどうしてもわからない。もしかして、ものすごい理由があるのだろうか。どんな理由なのか想像もつかないけど。

かといって、直接尋ねてみる勇気もない。なんとなくもやもやしたものを抱いたまま、ときどきちらちらと盗み見るように彼の様子を観察していた。

涼太のほうはそんな彼女のためらいなど気付いていないのか、すこぶる自然体で振る舞っていた。男子で大卒ということを鼻にかけるでもなく、少数派だからと萎縮《いしゅく》することもない。同じ班の爽菓や朱音や陶子や、もちろん寿莉にも屈託なく接してくる。小学校から中学高校にかけて男子生徒に苦手意識しか持っていなかった彼女にとって、この接しかたもまた未知のものだった。そもそも男子とこんなに一緒に行動することなんて、今までなかったのだ。

その意味でも河合涼太は不思議な存在だった。

「寿莉ってさあ」

昼休みに弁当を食べているとき、朱音が話しかけてきた。最近苗字ではなく名前で呼んでくるようになったのは、それだけ距離が近くなったということだろうか。

「河合さんのこと、どう思う?」

「え? どう思うって、どういうこと?」

母が弁当に入れてくれた玉子焼きを食べながら、寿莉は訊き返す。

「だからさあ、異性として」

「異性……うーん、そういう見方はできないかも」

「ほんとに？　ときどき彼のこと、じっと見つめてたりしてるけど」

やばい、勘づかれていたか。

「それは……なんか、ほら、奇妙なものを見つけたら、それが何なのか確かめたくなるじゃない？」

「奇妙なもの？　道端に落ちてるＵＦＯとか？」

「それ、道端に落ちてるかな？」

「普通は落ちてないね。だから奇妙」

「まあ……そういうものかも」

たしかに涼太は異性というより異星人っぽい。もしかして、本当に地球人じゃないのかも。いやさすがにそれはないか。

「ねえ」

また朱音が声をかけてくる。

「見返りがないよ」

「見返り？」

「だから、『どう思う？』って訊かれたら『峯崎さんはどうなの？』って訊き返すものでしょ？」

それ、見返りっていうのかな。ちょっと違う気がするけど。でも朱音が何を言いたいのかはわかった。

「それじゃあ訊くけど、峯崎さんは河合さんのこと、異性としてどう思ってるの？」

「何とも思ってないよ」

朱音は即答する。

「ほんと、何とも思ってない。全然思ってないから」

これ、いわゆる「押すなよ。絶対押すなよ」案件だろうか。

「じゃあ、どうして訊いたの？」

「それはまあ、寿莉の気持ちを知っておきたかったから」

つまり、ライバルかどうか確認したかったということか。

「そういうことなら、いいんじゃない？　でも河合さんにだって彼女くらい、いるかもしれないよ」

「ほんと？　ほんとにいると思う？」

急に朱音の表情が真剣になる。

「わからないけど、その可能性もあるってこと」

「そうかあ。だったら厄介だなあ」

朱音は頭を掻《か》いた。

「ただでさえライバルが多いってのに」

「ライバル？　誰？」

「堂島さんと田城さん」

「え？　あのふたり？　そうなの？」

「その可能性もあるってこと」

朱音は真面目な顔で言った。

「ついでに寿莉も」

「だからわたしは――」

「その可能性もある。すべての可能性を考慮して行動する必要があるってこと。まわりはすべて敵」

そう言ってから彼女は、笑みを見せた。

「なんてね」

本気なのか冗談なのか、わからない。寿莉は少々呆《あき》れながら、視線を話題の人物に戻した。

涼太は自分がどんな話題になっているかも知らず、ひとりでおにぎりを食べている。寿莉たち同じ班の女子と一緒になるのでもなく、数少ない男子生徒たちとも距離を置いていた。友達いないのだろうか。いないのかもなあ。でも孤独でも寂しそうには見えない。どこか超然とした雰囲気がある。

やっぱり不思議なひとだ。

ぼんやり思いながら眺めていたら、食事を終えた彼が立ち上がり、寿莉を見つめ返してきた。わ、とたじろぐ。涼太は彼女の当惑を無視するように近付いてくる。

「わ」

声をあげたのは朱音だった。しかし彼は真っ直ぐに寿莉を見て、言った。

「遠野さん、朝の件ですけど」

「え？　何ですか」

「ペクチンです。あれでよかったでしょうか。疑問は解消できたでしょうか」

「あ、はい。できました」

「そうですか。ならいいんですが。なんだかまだ不満があるような様子なので、僕の説明が足りなかったのではと危惧《きぐ》してました」

「不満だなんて、そんな」

どうやら、じっと見つめていたことを本人にも気付かれていたらしい。誰にもわからないと思っていたのは自分だけか。探偵には向かないな。

「では、他に質問が？　何か訊きたいことがあるのでしょうか」

あるある。訊いてみたいことならある。が、いざ質問しようとしても、できなかった。「どうして大卒で製菓学校に入ったんですか」などと尋ねるのは、本人のプライバシーに踏み込むような気がして躊躇してしまう。

口をついて出たのは、違うことだった。

「あの、どうして河合さんは、わたしたちにも敬語なんですか。年上で男なのに……」

それに大卒なのに、と心の中で付け加える。

「それは、千春さんとの約束だからです」

涼太は答えた。

「修さんにもそのほうがいいって言われましたし」

「千春さんに、修さん？」

「僕を親代わりに育ててくれたひとです」

何でもないことのように、さらりと爆弾級の事実を明かされた。親代わり？　ってことは、親がいない？

「製菓学校に入りたいってお願いしたとき、千春さんから出された条件が、それだったんです。製菓学校では自分より年下で高卒のひとたちと一緒に学ぶことになる。だからこそ、自分が年上であることとか学歴とかで他の生徒さんを見下すようなことをしてはいけない。そのためにも、誰に対しても丁寧語で話しなさい。そう言われたんです。だから、そうしてます」

涼太は丁寧に説明してくれた。なるほど、その親代わりのひと、いいこと言うじゃん。

「でも河合さん、わたしたちに丁寧語で話すのって面倒じゃないですか」

重ねて尋ねてみると、彼はきょとんとした顔になって、

「面倒？　そんなの考えたこともありません。他人と話すときには言葉を使わないといけないし、日本人相手なら日本語を喋るほうがいいし、意味の通る日本語なら敬語であってもなくても労力は変わりありません」

「じゃあ普段から誰にでも敬語を使ってるんですか」

「いえ。千春さんや修さんには敬語を使いませんし、大学時代の同級生にも敬語を使ったことはありません。この学校にいるときだけです。でもモードをチェンジするだけなんで、それほど労力も必要ありません」

「モードをチェンジ……はあ」

その感覚もよくわからなかった。

「質問への答えは、これでいいでしょうか」

「あ、はい。ありがとうございました」

寿莉も思わず丁寧に返事をした。涼太は続けて、

「では、他に質問はありますか」

と、訊いてきた。

「えっと……」

寿莉が躊躇している間に、

「ひとつ訊いてもいいですか」

声をあげたのは朱音だった。

「河合さん、彼女さんとかいます？」

「彼女……恋愛対象ということでしょうか」

直球を投げ返され、朱音も少したじろぐ。

「……まあ、そんな感じで」

「いません」

あっさりと断言した。

一瞬の間。

「答えはこれでいいですか」

「……ああ、はい」

押され気味に朱音は頷く。と、

「わたしからも、ひとつお尋ねしたいことがあるのですけど」

声に振り向くと、いつの間にか陶子が立っていた。ただ立っているだけなのに清《せい》楚《そ》な空気を纏《まと》って見える。

「どうして河合さんは大学を卒業された後に製菓学校に入学されたのでしょうか」

丁寧な言葉遣いだったが、ド直球の質問だった。これには寿莉のほうがうろたえた。

しかし涼太はいたって穏やかに、

「じつは僕、大学を卒業した後は大学院に行くつもりでいました。ゲルの輸送物性の研究でもしようかと思って」

「輸送物性？」

「物質が移動するときに測定される性質のことです。ゲルというのはペクチンなどもそうですけど高分子物質と溶媒で形成されるものです。溶質としての高分子は網目構造であるため形態保持性や弾性など固体の性質も示します。つまり液体と固体の性質を併せ持つわけです。なので――」

「あ、それ以上はいいです。理解できませんから」

陶子が手を軽く上げて涼太の弁舌を止めた。

「横道に逸れた質問をしたわたしが間違っていました。それで、大学院に進もうとしていた河合さんが製菓学校に入ったわけは？」

「ああ、それが本題でしたね。じつは――」

と、涼太が言いかけたところで昼休みの終了を告げるチャイムが鳴った。

「話している時間はないみたいですね」

これからいよいよ、というところでタイムアップか。残念だけどしかたない。

「みんな、今日は授業の後、時間ある？」

声をあげたのは、いつの間にか近くにいて話を聞いていたらしい爽菓だった。

「よかったら授業の後、ミーティングしない？」

「ミーティング？」

「そう。この班の最大の関心事について。河合さんにじっくり話を聞くの」

もちろん寿莉に異存はなかった。

「行きます、ミーティング」

3

「――というわけで僕はタジマモリ製菓専門学校に入学したんです」

ひととおり話し終えると、涼太はアイスコーヒーのストローをくわえた。

「なるほど、ね」

感心したように、爽菓が頷く。

「つまり河合さんは、その和菓子屋さんの弟子になるために製菓学校に入ったと」

「そうです」

「そのために大学院に行くのを諦めたの？」

「はい」

「すごいね。情熱だね」

朱音が言った。

「たったひとつの和菓子で人生を変えちゃったんだ」

「それほど珍しいことではないですよ。ポーランド生まれのマリア・サロメア・スクロドフスカはパリで鋼鉄の磁性について研究をするための場所を探しているときに、たまたま知り合いの夫の紹介でピエール・キュリーに出会いました」

「マリア、なに?」

「マリア・サロメア・スクロドフスカ。ピエールと結婚した後のフランス名はマリー・キュリー。日本ではキュリー夫人という呼び名で知られてますね。でもどうしてわざわざ『夫人』なんて言いかたをするんだろう? マリーはマリーでいいのに。そう思いませんか」

「え、あ、ええ……」

朱音はどういったらいいのかわからない様子で、曖昧に答えた。

寿莉は思わず声をあげる。みんなの視線が集まり、たじろいだ。

「キュリー夫人って」

「あの……キュリー夫人って、ノーベル賞を取ったひとですよ、ね?」

「そうです。女性で最初の、しかも物理学賞と化学賞のふたつを受賞している唯一の科学者です。マリーは当時の女性には珍しく学究の道に進みましたが、貧しくて家庭教師のアルバイトをしながら勉強をしていました。パリに移り住んでピエールに出会わなければ、歴史に名を残す研究はできなかったかもしれない。誰に出会うかで人生は変わるんです」

誰に出会うかで人生は変わる。その言葉に寿莉は胸を衝かれた。

——寿莉ちゃんは、お菓子を作るのが上手だねえ。

今でも思い出せる。そう言って微笑んだお祖母《ばあ》ちゃんの顔を。

「じゃあ河合さんは将来、和菓子職人になるつもりなのですね？」

陶子が尋ねると、

「そのつもりです。皆さんは洋菓子の職人——パティシエを目指しているんでしょうか。和菓子に興味はないですか」

「興味がないってことはないけど」

と、朱音が言う。

「やっぱりわたしはケーキとかを作りたいな。子供の頃にね、近所のケーキ屋さんにすごくかっこいいお兄さんがいて、そのひとがものすごくかわいいケーキを作ってたの。イチゴのショートケーキとかモンブランとか、今から考えればどこにでもあるものばかりだったけど、あの頃のわたしはどれも魔法みたいにかわいく見えたんだ。そのお兄さんもかっこよかったし」

大事なことなので二度言った、とばかりに朱音は「かっこいい」を繰り返す。

「だから幼稚園の頃から将来の夢はケーキ屋さん。途中で漫画家とかモデルとかもいいかなって思ったこともあったけど、絵は描けないしスタイルもよくないから結局こうなったわけ」

「初志貫徹ですね」

涼太に言われ、

「まあ、ね」

朱音は笑った。

「わたしは中学のときにテレビで観たパティシエに憧れて、この道を目指しました」

陶子が言う。

「そのひとはフランスの一流ホテルのチーフパティシエでした。ただケーキを作るだけでなく、チョコレートやクランベリーのソースでお皿に絵を描くように飾って、それが本当に美しかった。あれを観た日以来、わたしの夢は変わりません」

「それ、僕も同じような番組を観たことがあります。一流のひとだとスプーンでソースを皿に一滴たらしただけで、絵になるんですよね」

「そうなんですよ。芸術的なんです。あれに憧れるんです」

陶子が言葉に力を込める。涼太はうんうんと頷いた。

「わたしは、名前のせいね」

爽菓が言った。

「ほら、名前に菓子の『菓』の字が入ってるでしょ。別に家が菓子屋とかじゃなくて、お祖父《じい》さんが占い師に姓名判断してもらって決めたらしいの。でもやっぱり名前に引きずられるって言うか、昔からお菓子に興味はあったのね。料理全般、嫌いじゃないいけど。それにね、もしわたしが有名な菓子職人になってテレビに出て、この名前がテロップで出たりしたら、それを観たひとは『ああ、このひとは菓子職人になるべくしてなったんだな』と思いそうじゃない？　それってなんだか面白そうだと思って。くだらない理由だよね」

「くだらなくないです」

涼太は言った。

「今ふと思ったんですけど、堂島さんが将来自分の店を持ったとして、その店に自分の名前を付けたら、すごくかっこいいですよね」

「『パティスリー爽菓』とか？」

「そうそう」

「そうね……悪くないかも」

爽菓は得心したように頷く。

「逆に『堂島』って名前を店に付けたら、有名なロールケーキの店に訴えられるかも」

朱音が言うと、

「そうね、気を付けるわ」

と、爽菓は微笑みながら返した。

そのやりとりを見ながら、寿莉は緊張していた。いつの間にか菓子職人を目指したきっかけを告白する会になっている。そして残るのは自分だけ。ここで黙っていることはできなそうだ。

「……わたしは……」

またみんなの視線が集まる。とたんに顔が熱くなる。

「……わたしは……ただ、他にしたいことがなかったから」

駄目だ。一番駄目な動機だ。桁《けた》違いにつまらない。どうしてこんなことしか言えないのか。寿莉はテーブルの下に潜り込んで隠れたいという衝動に駆られる。

「いいですね」

しかし、涼太は言った。

「菓子作りの他にしたいことがなかったなんて、素敵です」

思わぬ褒め言葉に一瞬、脳が機能停止に陥りそうになる。

「あ……いえ、そんな大層なことじゃなくて、本当にわたしつまらない人間で、したいことが何もなくて……」

弁解すればするほどドツボにはまっていく。

「遠野さんって、つまらない人間なんですか」

はまった寿莉に上から土砂をかけるようなことを、涼太が言った。

「つまらない人間って、どんな人間なんでしょう？」

「えっと、それは……」

そこは深掘りしないで、と心の中で懇願した。が、彼は続けた。

「つまらないって、価値がないとか面白くないとかって意味ですよね。違います？」

「……それは……」

「価値のない人間。面白くない人間。そんなひとっているんでしょうか。どうでしょう、峯崎さん？」

「え？」

いきなり話題を振られ、朱音はどぎまぎしている。

「えっとね、そういうのって……わからないです」

「うん、わからないですね。だって価値があるかないか、面白いか面白くないかなんて、方程式に数字を代入するみたいにシステマティックに答えが求められるものじゃない」

涼太はそこで言葉を切り、少し考えるように黙ってから、また話しだした。

「僕は中学の頃、世界のすべての謎《なぞ》が解けるような方程式を見つけてやろうと思ってました。その式に当てはめれば世の中のどんな矛盾も一気に解明できるような式です。そういうの、見つけられると思ってた。でも高校に入った頃には、そんな方程式なんて存在しないってわかってきました。それでも世界の一部でも解明できる方法があるんじゃないかって物理工学科に入学したんです。大学でいろいろなことを学んだんだけど、結局自分の力ではひとつも謎は解けなかった。でもね、わかったことがあるんです。世界を解き明かすことはできなくても、それでも世界は存在している。そして僕も、ここにいる。そのことだけは絶対に正しい。いや、本当に正しいかどうか疑おうと思えば疑えるけど、そこまで疑いはじめたら、きっと自分は壊れてしまうだろう。だから僕は、世界を肯定することにしました。矛盾だらけで理不尽で腹の立つことばかり起きる世界だけど、その中で生きていく自分はどんな形であっても正しい。そう考えたんです」

滔々《とうとう》と話しつづける涼太を、寿莉はぼんやりと見ていた。いや、ぼんやりではない。当惑と興味深さと羨望《せんぼう》が入り混じったような複雑な感情に駆られながら、彼を見ていた。すると涼太がまた彼女のほうを見て、

「遠野さん、本当に自分がつまらない人間だと思うのなら、視点を変えるべきです」

「……視点、ですか」

「そう。もしかしたら遠野さんは誰か特定のひとを基準にして自分を比較してませんか」

その言葉に寿莉は、はっとする。

「もしいたら、それはきっとそのひと本人じゃなくて、自分の理想の人間をそのひとに重ねているんだと思います。そんな理想に自分が勝てるわけない。だから自分はつまらない人間だと思ってしまう。そういうこと、ないですか」

畳みかけるように問われ、言葉に詰まった。

「河合さんも、そういうことがあったの？」

尋ねたのは爽菓だった。

「あります。僕は修さんがそうでした」

「修さんって、河合さんを育ててくれたひと？」

「そうです。あのひと、すごいんです。大学時代に書いたSFで新人賞を取ってデビューして、それから何冊も本を出してます。いくつもアニメ化されたし、翻訳されてそれがベストセラーになって、今度はハリウッドで映画化もされるんです」

「ちょ、ちょっと待って」

手を挙げたのは陶子だった。

「ハリウッドで映画化されるSF作家って、もしかして河合修のこと？」

「はい、そうです」

「嘘っ！」

いつもの清楚なイメージからは想像できないような声だった。

「河合さんって、あの河合修の息子さんなの!?」

「違います。修さんは僕の伯父さんです」

「あ、そうなの？　でも、河合修に育てられたって……」

「はい。六歳のときから一緒に暮らしてます」

「河合先生と一緒に……ごめん、ちょっと混乱してパンクしそう」

陶子は頭を抱える。

「田城さん、河合修のファンなの？」

爽菓が尋ねると、陶子はピッと顔をあげて、

「ファンです。全部の作品読んでるし、アニメも全部観てる。今まで読んだ小説のベストテンをあげろって言われたら、その中の六作、いえ七作までは河合修作品になるくらい好き」

そして涼太のほうを見て、

「教えてください。河合先生って、どんなひと？」

「どんなひと？　小説を書いてるひとです」

「それは知ってます。そうじゃなくて、ほら、どんな感じのひとなのかなって。先生ってあんまり表に出ないから、ファンの間でも謎なの。どんなひと？」

「難しいですね」

「難しいひとなの？」

「違います。田城さんの質問が漠然としているので、どう答えたらいいのかわからないんです」

これは河合さんの言い分のほうが正しいな、と寿莉は思う。田城さんの気持ちもわかるけど。

「河合修のことは、後でじっくり訊いたらいいんじゃない？」

朱音が言った。

「これから付き合い長いんだし。なんなら河合さんの家に招待してもらってもいいし」

「河合先生の家に、招待……駄目。駄目駄目。そんな恐れ多い」

陶子は首を振る。

「でもそんな機会があるならわたし……どうしよう……」

「だから、そういうのは後から考えて。話題を戻そうよ……って、何を話してたんだっけ？」

「河合さんが伯父さんのことを理想のひとだって思ってたって話」

寿莉が軌道修正した。

「今では、そう思ってないんですか」

「今でもそういう気持ちはあります」

涼太は答えた。

「修さんって前は大学で重力波《じゅうりょくは》の研究をしてて、大型低温重力波望遠鏡の開発にも携わってたんですよ。そのまま研究を続けてたらＫＡＧＲＡ計画の中心メンバーになってたかもしれない。でも本人はＳＦを書くための知識を蓄えるために大学に行った、って断言してて、作家としてデビューしたら大学を辞めてしまいました。自分のしたいことのために長期的な計画を立てて、最後までぶれずに自分の好きな道を進んできたひとなんです。そういうのって、すごく憧れました。憧れませんか」

問いかけられ、四人の女子は一様に頷く。

「僕もできれば、そういう人間になりたかった。でも僕は駄目でした。興味があっちこっちに揺れて、自分の信じた道が見えなかった。大学で研究者になろうとして頑張ったけど、どこか違ってた。修さんみたいにはなれなかった……」

涼太は小さく首を振る。その仕種が口惜しそうだった。

「……でも、華房先生が作る和菓子に出会って、自分でも作ってみて、初めてわかったんです。これなら僕、ずっと続けていられるって。こういうのをきっと『腑《ふ》に落ちる』っていうんだと思います」

フニオチル……どういう意味だろう。後で調べてみよう、と寿莉が思っていると、

「そういうわけで遠野さん、誰かに自分の理想を重ねて自分が劣っているとかつまらない人間だとか卑下しなくていいと思います」

いきなり話を戻された。

「僕らは他の誰かになんかなれません。ましてや自分の理想の人間になんてなれるわけがない」

「でも、じゃあ理想を追いかけるのは意味がないことなのかしら？」

そう尋ねたのは爽菓だった。

「わたし、理想論って好きなの。それに向かって進んでいくから人間って進化できると思うんだけど」

「ひとつ訂正していいですか」

涼太は言った。

「『進化』というのは生物の形質が世代を経る中で変化していくことです。一代では変化は起きません。それと進化に意志や理想は関係ありません。キリンは高いところに生えている葉を食べるために首が長くなったのではなく、突然変異で首が長く生まれた個体が食料を多く手に入れることができたため生き残り、その中からまた首の長い個体が生き残り、そうやって形質を変化させていったものです」

「はあ、そうなの……」

爽菓は気を呑《の》まれたように頷く。

「そうです。だから理想を持ったから人間が進化するという意見には反対します。でも」

涼太は言葉を切って、

「……そう、理想の人間になんかなれない、というさっきの僕の意見には補足をしなきゃいけないと思います。誰も理想の人間にはなれない。でも理想を目指さない人間は変わることができない。進化ではなく変化です」

進化ではなく変化……寿莉は心の中で呟いた。

「堂島さんが言うとおり、理想を追いかけることには意味があります。変化するための目標になるから。僕も今は華房先生を理想にしています。でもきっと、先生みたいにはなれません。でも、何者かにはなれると思う。今の自分より少しだけ理想に近付いた自分には」

「少しだけ理想に近付いた自分、か。なんか、かっこいいね」

朱音が納得したように頷きながら、

「でも、なんか、そういうこと言うの、ちょっと恥ずかしくない？」

「恥ずかしい？　そうですか」

涼太はきょとんとした顔になる。

「どのあたりが恥ずかしく感じますか」

「それは……なんか、うまく言えないけど、こっちのほうが恥ずかしくなってくるのよ」

朱音の言うこともわかる、と寿莉は思った。たしかに涼太の言葉は真っ直ぐすぎて、少しばかり受け止めることに戸惑いを覚えてしまうのだ。

でも。

「それはすみませんでした。どうして僕の言うことで峯崎さんが恥ずかしく思うのか、わかったら後でもいいですから教えてください。参考にして今後の課題にします」

この真っ直ぐさ。愚直という言葉が似合うくらいのストレートな考えかたが。

なんか、いいな。そう思った。

第三章　餡の迷宮へようこそ

1

「チョコレートの原料であるカカオは学名を『テオブロマ・カカオ』と言います。ギリシア語で『テオ』は神、『ブロマ』は食べ物という意味です。つまり『テオブロマ』とは『神の食べ物』という意味になります」

松下《まつした》先生の舞台俳優のように朗々とした声が教室内に響く。洋菓子の実習講師で市内にあるパティスリーのオーナー・パティシエだ。身長はおそらく百八十センチ前後、横幅も大きく立派な体格だった。髭を付けてタキシードを着せたらオペラ座とかで歌っていそうに見える。涼太はシリコン製のヘラで液状のチョコレートを攪《かく》拌《はん》しながら、スポットライトの下で「誰も寝てはならぬ」を歌う松下先生の姿を思い浮かべた。

「先程も言いましたが、チョコレートの生地は皆さんの手許に届くまでに発酵、乾燥、ロースト、ブレンド、ペースト化などの工程を経ています。菓子店で使用されるチョコレート生地は市販のものとほぼ同じです。しかしそれを一度溶かして加工するには皆さんに今やってもらっているテンパリングという作業が必要になってきます。チョコレートを湯煎《ゆせん》などで五十度程度になるまで加熱して溶かし、それから器を冷水に浸けて二十七度から二十九度になるまで冷やします。このときに大事なのはまさに現在皆さんがしているようにチョコレートを攪拌し続けることです。ここで手を抜くとチョコレートが劣化してしまうのです。そして目的の温度になったら、もう一度湯煎にかけて三十一度から三十二度になるまで温めます。この作業をして初めて、口溶けの良いチョコレートになるわけです」

金属製のボウルにヘラが当たる音が、教室のあちらこちらから聞こえてくる。生徒は皆、一心にチョコレートと格闘していた。時折温度計で数値を確認し、またヘラを動かす。地道な作業だった。

松下先生はテーブルをまわりながら、生徒たちの様子を確認していく。

「縁のところから冷えていくから全体の温度が均一になるように心がけてね。それと空気は含ませないこと。泡立てると後で厄介だよ。そうそう、それでいい。素晴らしい」

アドバイスする声も芝居がかっている。

涼太はヘラを動かしながら顔をあげた。同じ班の生徒たちもみんな同じ作業をしている。しかし四人とも少しずつ違うような気がした。爽菓と陶子は迷いがない。ボウルを回しながらヘラを扱う仕種も的確に見える。爽菓のほうが少しだけヘラを立てているだろうか。朱音は力任せだ。気を付けないと空気を含ませてしまう。そして隣にいる寿莉は他の生徒より動作がゆっくりしている。ボウルの縁にひろがったチョコレートをできるだけきれいに掬い取ろうとしているせいだ。

「もう少し速くヘラを動かして」

やってきた松下先生が寿莉に指示した。やっぱりね。

「あ、はい」

言われて焦ったのか、寿莉のヘラからチョコレートが撥《は》ねた。茶色い点が涼太のシャツの袖に付く。

「あ……ごめんなさい」

寿莉がどぎまぎしながら謝ってくる。

「気にしなくていいですよ」

涼太が言ったとたん、

「いや、気にしなさい」

先生が言った。

「自分の行動が他人にどんな影響を及ぼすか、気にしなければなりません。それが大人というものです。遠野君、謝るときはちゃんと謝りなさい」

「あ、はい」

寿莉は手を止め、涼太に頭を下げた。

「ごめんなさい。あの、シャツ、弁償します」

「そこまでしなくていいですよ。そんなに汚れてないし」

「そう。そこまでしなくていいね」

また先生が言った。

「謝るのにも加減というものがあります。この程度なら、今のうちに拭き取って、痕《あと》が残るようなら染み抜きをすればいいでしょう。染み抜き剤は学校に用意してあるから事務室に訊けばいいです」

「……はい。そうします」

寿莉は松下先生にも頭を下げた。

授業後の休憩時間、涼太は寿莉と一緒に事務室で染み抜き剤を借りて休憩所へ行った。

「本当にごめんなさい」

何度も謝りながら袖の染みを自分のハンカチで拭《ふ》き取ろうとする寿莉を、涼太はじっと見ていた。その視線を感じたのか、彼女はより一層うろたえて、

「あ、あの……ほんとに、なんて言うか、ごめんなさい」

「九回」

「え？」

「遠野さんが『ごめんなさい』と言った回数です」

「あ……ごめんなさい」

「十回」

そう言って笑うと、寿莉もつられたように笑みを見せた。

「松下先生が言ってたとおり、謝罪も失態に見合ったものでないと、ときに意味を成さなくなります。このひと謝れば済むと思ってるな、なんて思われたりしてね」

「え？　でもわたし、そんな……」

寿莉が言い返そうとする前に、涼太は言った。

「もちろん僕はそんなこと考えてません。いや、僕は逆に考えなさ過ぎるかもな。ときどきそれでひとを怒らせてしまう」

「そうなんですか」

「大学の頃、純二が大事にしてたアニメキャラのキーホルダーを踏んでしまったことがありました。あ、純二というのは大学の同級生です。彼がポケットにしまおうとしてたキーホルダーをうっかり落として、それを後ろから歩いてきた僕が踏んじゃったんです。そしたら彼、ものすごく怒っちゃって。俺の何とかちゃんの顔を踏みつけたって。金属製のキーホルダーだったから破損もしてないし、そもそも彼の落ち度で落としたものを踏んだんだから、僕の過失はそれほど大きくないと思ってたんですね。だけど純二にとっては重大なことだったみたいで、しばらく僕を許さなかったです」

「それはでも、そのひとも悪いみたいな……」

「そう思いますよね。でも、ひとによって大事なものはそれぞれ違います。こちらがたいしたことないと思っていても、相手にとっては大事なのかもしれない。そういう食い違いって、よくあるんだなあって」

「それってなんだか、面倒ですね」

そう言ってから寿莉は、はっとしたように、

「あ、面倒だなんて。ごめんなさい」

「十一回」

「今のは別のことで謝ったからノーカンにしてください」

「異議を認めます」

涼太はそう言ってから、

「そのかわり、ひとつアドバイスをしてもいいですか」

「何でしょうか」

「急がなくていいです」

涼太の言葉に、彼女は怪訝《けげん》な表情になる。

「何のことでしょうか」

「作業のこと。横で見てて思ったんですが、遠野さんはすごく丁寧なんです。さっきのテンパリングでもヘラでチョコレートを掬うのを誰よりも念入りにやってまし

た。だからゆっくりだった。たしかにあまり時間をかけるとボウルの縁に付いていたチョコレートが先に固まってしまってV型への転移がしにくくなってしまうかもしれないけど」

「ゴガタ？」

「チョコレートの中に含まれるカカオバターの結晶の種類です。溶かしたチョコレートをそのまま冷やすと結晶はⅠ型Ⅱ型Ⅲ型と形を変えて、Ⅳ型の段階で凝固します。しかし結晶はまだ不安定なため、凝固後もV型に移行し、最終的にはさらに安定したⅥ型になります。このⅥ型という結晶は形が針状で大きく光が乱反射するのでチョコレートの表面が白っぽく見えてしまう。しかも融点が三十六度と高いので口に入れてもすぐには溶けずに舌触りが悪くなるんです。しかしテンパリングをすることによって結晶は細かくて溶けやすいV型で安定します。そうすると時間が経っても口溶けのいいチョコレートになるんですよ」

「はあ……」

涼太の語勢に圧されたように、寿莉は相槌《あいづち》を打つ。そして訝《いぶか》しむように、

「それ、学校で教えてもらいましたっけ？」

「まだです。テンパリングのことが気になったので自分で調べてみました」

「自分で……なるほど」

「遠野さんの場合、全体をきちんと攪拌してましたから、チョコレートの中にそん

なにムラはできないと思います。だけど先生に注意されたとたん、その丁寧さが吹き飛んでしまった。まごついて手付きが悪くなって、チョコレートが撥ねた。せっかくの良さが台無しです」

「ごめんなさい……あ、これは十一回目か」

「遠野さんが何に対して謝ったのかによってカウントすべきかどうか違ってきますけど」

「いえ、細かなことはいいです。結局、わたしはどうすればよかったでしょうか」

「今までどおりでいいです。作業を速くするのは慣れてからでいい」

「でも先生に――」

「先生はすべての生徒に同じ基準を求めます。だから遅いひとには速くしろと言い、雑なひとにはもっとしっかりと言うでしょう。言われたら、少し心がける程度でいいと思います。丁寧さは遠野さんの長所だから、それを損ねるよりは、ずっといい」

寿莉は、はっとしたような表情になる。

「長所……ですか」

「です」

涼太は断言する。そして今まで寿莉が叩《たた》いていたシャツの袖の部分を指差した。

「ほら、丁寧な作業の結果です」

チョコレートの染みは、すっかり消えていた。

2

「学校、どう？」

夕飯のとき、千春が尋ねてきた。

「とても興味深いよ」

鯵《あじ》の開きを食べながら、涼太は答える。

「毎日新しい知識を教えてもらってる。僕の知らないことばかりだ。菓子作りって想像していたより奥が深いね。今日はテンパリングについて学んだ」

「チョコレートの？」

「そう。知ってる？」

「自分でやったことはないけど、担当してる作家さんが小説に書いたことがあって、そのときに少し調べてみたことあるよ。面倒なんだってね」

「面倒、かなあ。たしかに単純な作業だけど、面倒だとは思わなかった。面白かった」

涼太は寿莉にも話したテンパリングの原理について説明した。

「なるほど、そういうことなのね。わたしは単に『テンパリングをしないと口溶けが悪くなる』程度の知識しかなかったけど、そうやって説明されるとよくわかる」

千春が感心すると、それまで黙ってウイスキーを飲んでいた修が、

「やっぱり涼太には菓子作りの才能があるな」

と言った。

「まあ、俺にはわかってたけどね」

「どうして？　涼君は料理なんか全然しなかったのに」

千春の問いかけに修はドライフルーツを口に入れながら答える。

「だって涼太は科学の子だからね」

「なにそれ？　空をこえて星の彼方《かなた》？」

「科学的な考えかたとプロセスに基づいて行動するってこと」

「それが、お菓子作りと関係するの？」

「するよ。だって菓子作りは科学だもん」

「科学？」

「そう。菓子は科学力でできている。たとえば小麦粉を練って生地を膨らませる工程があるだろ？　その方法には三つある。ひとつ目が生地の中に含まれている空気や水分を膨張させて膨らませる方法。気体の体積は温度に比例して大きくなる。これを何と言う？」

「シャルルの法則」

涼太は即答した。

「そう。これは物理だ。では、ふたつ目。パン生地を膨らませるには一般的にイースト菌を使うよね。発酵させて二酸化炭素を発生させるんだ。これは生物学の分野だよ」

「ああ、確かにそうだ」

涼太は頷く。修はウイスキーを一口啜って、

「最後は生地に重曹《じゆうそう》やベーキングパウダーを使う方法。重曹とは炭酸水素ナトリウムのことだよね。ベーキングパウダーは俗に『膨らし粉』ともいうけど、中身は重曹に酒石酸水素カリウムやリン酸カルシウムといった酸性剤とコーンスターチなどの遮断剤《しやだんざい》を配合したものだ。これを生地に加えて加熱することで二酸化炭素と水蒸気が発生し、膨らませることができる」

「化学反応だね」

「そう、化学だ。このように『生地を膨らませる』という作業だけでも物理学、生物学、化学からのアプローチがある。極めて科学的だよ」

「うん、そうだね。科学的だ」

涼太は興奮気味に同意した。

「やっぱり菓子作りって面白いよ」

「学校じゃ和菓子だけでなく洋菓子やパン作りも勉強してるんだろ？　きっと卒業

までにいろいろな知見を得ることができる。楽しみだね」

「うん、楽しみだ」

涼太はにこにこしながら御飯を掻き込んだ。その様子を見て千春と修は微笑み合う。

「洋菓子やパンの勉強も楽しい？」

千春が訊くと、

「うん、楽しい」

口の中をいっぱいにしたまま涼太は答える。

「洋菓子作りやパン作りの実習も楽しいし、製菓衛生師の資格を取る勉強も楽しい。毎日いろんなことが学べて面白いよ。大学の勉強も面白かったけど、今は、なんていうか、とってもエキサイティングだよ」

「エキサイティングか。それはよろしい。それで、人間関係のほうは？　同じグループのひとたちと仲良くしてる？」

「仲良く……どうなんだろうな？」

箸を動かす手を止めて、涼太は考える。

「特にトラブルは起きてないと思う。約束したとおり丁寧に応対してるし、特別扱いしたりされたりもないし」

「グループの他の子はみんな女の子なのよね？　うまく溶け込めてる？」

「溶け込める……それはできてない。僕は僕だし堂島さんは堂島さんだし峯崎さんは峯崎さんだし田城さんは田城さんだし遠野さんは遠野さんだしね。それぞれ独立性が保たれていると思うよ。そもそも人間同士が溶け込むってどんな状態なのかな？　互いが融合する、みたいな状況かな？」

「人間は融合しないわよ。『生物都市』じゃあるまいし」

「何それ？」

「昔の漫画。溶け込むってそこまで極端じゃなくていいの。話をしたり一緒に御飯を食べたり、そういうこと。でもそういうの、涼君は苦手かな」

「苦手というより、よくわからない。でもときどき、学校が終わった後でみんなとカフェに行くけど」

「へえ」

「それと今日は遠野さんが服に付いたチョコレートを染み抜きで取ってくれた」

「なんだ、結構打ち解けてるじゃない。心配して損した」

「心配してたのか」

と、修が訊くと、

「少しはね。涼君ってひととの接しかたが特別だから」

「特別かなあ、僕」

「自覚してないところが、また不安なところ。でもいいわ。もうあんまり心配しない。同級生の女の子たちと楽しくお喋りするといいわ」

「なんだか焼き餅やいてるみたいに聞こえるけど」

修が突っ込む。

「焼き餅も子育ての醍醐味《だいごみ》」

千春はそう言って、食べ終えた食器を片付け始める。

「さあ、食後のデザートは涼君が学校で作ってきたチョコレート。テンパリングの腕、とくと確かめさせてもらいましょうか」

3

タジマモリ製菓専門学校の実習講師で和菓子を担当している胡桃沢篤秋《くるみざわとくあき》は四代続いた老舗《しにせ》の和菓子屋「くるみ堂」の若旦那《わかだんな》だった。今年で四十歳ということだが、若白髪というのか髪のほとんどが白くなっているので、もっと年上に見える。彫りは深いが人の好さそうな顔に丸縁の黒眼鏡。鼻の下と顎《あご》にはきれいに整えられた髭があった。百八十センチ近くの長身だが体が細くて少し猫背なので、少々ひ弱そうに見える。しかし声の通りはよかった。

「さて、今日は皆さんに和菓子作りの基本であり要でもある餡の作りかたを教えます」

背後のホワイトボードには前もって手順が記されている。それを指さしながら説明を始めた。

「皆さんの前に小豆がありますね。まず最初にしてほしいこと、それはこの小豆をよく見ることです。この艶やかな臙脂色《えんじいろ》の豆を見てください。この子たちがやがて甘くて風味豊かな餡になります。そう考えると愛おしくなってきます。さあ、よおく見てください」

言われるまま、涼太はボウルに入れられた豆を見つめた。たしかにきれいな色をしている。しかしまだ愛おしいとまでは思えなかった。まだそこまでの域に達していないということか。頑張らないと。涼太は気を引き締めた。

「見てますか。何か気付くことはありませんか」

胡桃沢が言った。

気付くこと？　何だろう？　涼太はボウルを少し傾けてみた。小豆が音を立てて流れる。

はい、と手を挙げた。

「君。河合君」

胡桃沢に指され、彼は答える。

「小豆もまた粉粒体として扱える、ということでしょうか」

「ふんりゅうたい？」

「粉や粒の集合体です。粉や粒は個体ですが、集合体としては液体のように振る舞います。小豆も多く集まると液体のような動きをします。つまり粉粒体と見做《みな》せるわけです」

「なるほど、勉強になるね。でも僕が求めていた答えではありません」

胡桃沢が肩を竦めてみせた。

「集合体としてではなく、小豆のひとつひとつを見てほしい。何か違いがあるのがわかりますか」

次に手を挙げたのは他の班の女子だった。

「色の黒いものが交じってます」

「そうだね。僕が気付いてほしかったのは、そこなんです。小豆の中には色の悪いものや割れたものが交じっていることがある。餡を大量生産する工場などではそのまま使うこともあるけど、君たちにはそんな横着《おうちゃく》はしてほしくない。味が悪くなるからね。だから一粒一粒、班のみんなで手分けして選別をしてください。さあ、始めて」

言われたとおり、ボウルの小豆を五等分して各自で選別を始めた。涼太は皿に広がった豆を一粒ずつ眼で確かめる。黒ずんだものがすぐに見つかった。それに半分に欠けたものもある。それを指で取り分けた。さらに皿を揺すって小豆をひっくり返し反対側も確認する。それを三回ほど繰り返すと作業は完了した。

顔をあげて他の生徒たちの様子を見る。爽菓と陶子は涼太より早く選別を済ませていた。その後で朱音が「よし」と小さく声を出して作業を終える。残るのは寿莉だけだった。

彼女は一粒ずつ小豆を掌に乗せてじっくりと観察していた。

「そこまでしなくていいから」

と爽菓が言い、一緒に残りの小豆を選り分けた。

「……ごめんなさい」

恐縮して謝る寿莉に、爽菓は「That's ok」と軽く返した。

「選別は終わりましたか。ではいよいよ小豆を煮ていきましょう。豆を煮るとき長時間水に浸けておくことがあるけど、小豆の場合は必要ないです。でも小豆を洗うことは大事です。ざるに入れて流水で軽く洗う程度でいい。洗った小豆を鍋に入れて、たっぷりの水を入れて火にかける。たっぷりといっても沸騰したら湯が噴き出すほど入れる必要はないです。人差し指を小豆の面に触れさせて、第一関節までが水に浸かるくらいがいいでしょう」

水が沸騰したら水を入れて一度湯の温度を下げる。これを「びっくり水」というそうだ。

「びっくり水を入れる回数も豆の具合によって変えなければなりません。小豆の皮に皺《しわ》ができたままだったら再度沸騰させて水を差すんです。今日は時間の関係から一回だけにしますけどね」

豆が膨らんだら、ざるにあげて茹《ゆ》で汁を切り、流水で洗い流す。

「これが小豆を炊くときに一番重要な『渋切《しぶき》り』です。皮に含まれているタンニンという渋み成分を取り除く作業ですね。これが終わったら、もう一度小豆を茹でます。今度は本格的に火を入れて豆を軟らかくしていきますよ。湯が沸騰したら砂糖を入れます。一度に全部入れず、三回に分けます。一緒に少量の塩も入れます。そして焦げないように気を付けながら煮ていきます。しゃもじで掻き混ぜすぎると豆が潰れてしまうので、回数は少なく、手付きは柔らかくね。コツは『川』の字を書くように縦にすっと、です」

涼太は言われたとおり極力混ぜないよう注意を払いながら、ふつふつと泡の立つ鍋の表面を見つめつづけた。

「熱っ！」

小さな悲鳴があがる。朱音だった。

「あ、煮汁が撥ねることがあるから注意してくださいね」

胡桃沢が言った。

「といっても、注意しようもないんだけどね。ときどき熱い思いをするのは想定内ってことで。煮上がりの目安は、しゃもじで掬いあげたとき液体じゃなくて、ちょっともったりした感じになるまでです」

教室のあちこちから飛び跳ねた餡を顔や手に受けた悲鳴が聞こえた。涼太もまた右手に熱い思いをさせられた。

しかし苦労の甲斐《かい》あって、餡がちょうどいい感じになってきた。

「先生、こんな感じでいいでしょうか」

涼太の声に胡桃沢が鍋を覗き込む。

「……うん、いいんじゃないですかね。そしたら餡をバットに移して広げてください。冷めたら完成です」

例によって寿莉が一番手間取っていたが、なんとか時間内に班の全員が餡を炊き終わった。

「ちょっと焦がしちゃった」

朱音が舌を出す。たしかに彼女の餡は一部黒くなっているところがあった。それ以外の四人の餡は、どれも同じように見える。

「さて、冷めたら味見してください。多分ほとんどのひとが餡作りは初体験だと思います。これがそのスタートです」

言われるまま、みんな自分が作った餡をスプーンで掬って口に入れる。

「あ、美味しい」

「意外にいけるかも」

「思ったより美味しいかな。ちょっと焦げ臭いけど」

「あれだけ砂糖を入れたから当然だけど、やっぱり甘いね」

口々に感想を言い合う。

涼太は、何も言わなかった。眉根にかすかに皺を寄せ、黙る。しばらくして、隣の寿莉に言った。

「遠野さんの餡、味見してもいいでしょうか」

「え？　あ、はい。どうぞ」

許しを得て彼女の餡を口に運んだ涼太は、ゆっくりと味わい、そして眉の皺をさらに深くした。

「どうかしたんですか」

寿莉が尋ねてくる。しかし涼太は答えなかった。額を掻き口を尖《とが》らせ、考え込むように眼を閉じる。

「先生」

その姿勢のまま、手を挙げた。

「どうしました？」

尋ねる胡桃沢に、涼太は一言、

「まずいです」

と言った。

「ほう？　まずいですか」

しかし胡桃沢は慌てる様子もなく、

「どうまずいのか、教えてください」

と言った。

「舌に嫌な後味が残ります」

涼太は答える。

「妙なざらつきも感じられる。それにしょっぱいです」

「なるほどなるほど」

胡桃沢はなぜか楽しそうに、

「さて、他にこの餡をまずいと思うひと、いますか。正直に手を挙げてください」

他にひとり、手を挙げた。先程小豆の中に黒いものが交じっていると答えた女子生徒だ。

「今のひとと同じです。後味が悪くて舌触りもよくありません。塩は入れないほうがよかったんじゃないかと思います」

「なるほどなるほど」

胡桃沢は大仰に頷いてみせる。

「逆にこの餡は本当に美味しいと思ったひとは手を挙げてみてください。別に今のふたりと評価が違っていても全然かまいませんよ。どうです？」

彼に促され、三人の生徒がおずおずと手を挙げる。その中には陶子も入っていた。

「わたしは、これくらいの風味があってもいいと思いました。後味も余韻みたいで、嫌いではないです。塩《えん》みも逆に甘みを引き立てていると思います」

「うんうん、なるほど」

胡桃沢はまた頷いた。

「さて、同じような作りかたをして意見が真っぷたつに分かれましたね。他の皆さんの感想は、多分このふたつの間にあると思います。後味はあってもいいけど、もう少し軽いほうが好きだとか、塩みは逆にもっとあってもいいんじゃないかとか。さて、どの意見が正しいでしょうか」

言葉を切り生徒たちを見回す。誰も答えない。

「わからない？　でしょうね。この場合『わからない』が正解です。誰もが正しいし、誰もが間違っている。なぜか」

また生徒たちの反応を見た。爽菓が手を挙げ、答えた。

「好みは人それぞれだから、ですか」

「正解！　そのとおりです」

胡桃沢は満足げに微笑む。

「今回、皆さんには渋切りを一回だけしてもらいました。やりかたを知ってもらうためです。一回でいい、というわけではありません。渋みを抜くにはさらに渋切りを重ねる必要があります。一方、渋切りによって除去されるタンニンは、渋みではありますが風味でもある。茶葉にもワインにも含まれています。タンニンのまったくない日本茶やワインは、とても味気ないものになるでしょう。同じように餡の中の渋みも、その餡の風味の重要な要素です。全部抜いてしまえばいいというものでもない。それから塩みですが、これも甘みをより強く感じさせるために入れます。スイカに塩を振るのと同じ理屈ですね。しかしスイカに塩みを付けることを好まないひとがいるように、餡に塩を入れることを良しとしないひとたちもいます。茶席向けの和菓子には抹茶の味わいを壊さないようにするため塩は使わない、という例もあります」

胡桃沢は涼太のところに来て、彼が作った餡を一口食べた。それから陶子の餡も口にした。

「皆さんも同じ班のひとが作った餡を味見してみてください」

涼太は陶子の餡を口に入れた。舌の上でじっくり味わってみる。

「同じだ」

同時に陶子も涼太の餡を試食していた。

「うん、同じ」

胡桃沢は彼らの反応を面白そうに見ていたが、思いついたようにまわりを見て、

「今日、家に戻ったらネットで『餡子の作りかた』を検索してみてください。たくさんのレシピが出てきます。動画もアップされています。面白いことがわかりますよ」

そう言った彼の眼は笑っていた。

「そしてあなた方は、ついに足を踏み入れるのです。餡の迷宮へようこそ」

4

涼太のパソコンは修からのお下がりだった。ＯＳはＷｉｎｄｏｗｓ10にバージョンアップしてあるのだが、力不足なのか動画を見ているときにフリーズすることがある。その日も苦労しながら動画サイトをチェックしていた。

見ていたのは「餡子の作りかた」で検索して表示されたものだ。胡桃沢が言ったとおり、ネット上には本当にたくさんの餡子レシピが存在した。それをいくつも読み、動画も見た。そして、

「……なんだこれ……？」

頭を抱えた。

二時間ほどネット内を巡った後、涼太はキッチンに行って冷蔵庫から冷えた炭酸水を取り出して一気飲みすると、軽くげっぷをしながらリビングのソファに座り込んだ。

「どうしたの？」

本を読んでいた千春が尋ねる。

「十五通り」

涼太は言った。

「ネットで餡の炊きかたについて書いたり動画をアップしたりしてるのを見た。全部で十五。ひとつとしてまったく同じやりかたをしているものがなかった。つまり十五通りの作りかたがあるんだ」

「へえ。全部違うものなの？」

「そう。どれも『美味しい粒餡』を作る方法として紹介されてたんだけど」

涼太は手にしていたメモ帳を見つめる。

「胡桃沢先生は小豆は茹でる前に水に浸ける必要はないって教えてくれたけど、一晩水に浸けておくべきって言ってるひとも複数いた。それも常温でいいって言うひとと、冷蔵庫で一晩置いておけってひとがいる。逆に水に浸けると小豆の風味が落ちるから豆を洗うときも短時間でざっと洗えって言っているひともいた。砂糖の種類も上白糖《じょうはくとう》派と三温糖《さんおんとう》派とグラニュー糖派がいるし、そもそも加える分量も違うんだ。塩は入れるひとが多かったけど入れないひともいる。そして何より差が激しかったのが渋切りでさ、回数がほんとにばらばら。五回やるってひともいれば、一回もやらないひともいた。一体何が正しいのか、わからないよ」

手にした炭酸水のペットボトルから一口飲んで、息をつく。

「胡桃沢先生が『餡の迷宮』って言ってた意味が、よくわかった。ほんと、一歩足を踏み入れたら迷い込むばかりだ」

難しい顔をしている涼太に、

「迷宮ってさ、入り口は必ずあるんだよね」

と、千春が言った。

「でも、出口があるかどうかはわからない。もしかしたら行き止まりになってるかもしれないし、入ってきたところに戻るだけなのかもしれない。では、人はなぜ迷宮に踏み込むのか」

「目的があるからだよね」

「そのとおり。隠された宝物を手に入れるとか、ドラゴンに囚われた姫君を助け出すとか。涼君が餡の迷宮に踏み込む理由は？」

「もちろん美味しい餡を作るためだよ」

「それだけなら学校で教えてもらった方法でいいんじゃない？」

「いや、駄目だ。学校で作った餡はスーパーで買ってきたぼたもちに似てるんだ。あれはあんまり美味しくない」

「なるほど、美味しくないんだね。だから美味しい餡を作りたい。それが涼君が迷宮に入る理由なわけ。で、『美味しい』って、どういうこと？」

「どういうこと？　うーん……心地いい味覚を感じること、かな」

「その『心地いい』と感じるのは？」

「僕だね」

「そうそう。他の誰でもない涼君。だったら難しいことないんじゃない？　涼君が美味しいと思う餡子を作ればいいんだもの」

「……そうだね。やっぱり『好みは人それぞれ』ってことだよね……」

涼太は少し考えてから、言った。

「……わかった。やってみよう」

「何を？」

「自分の正解を探すんだ」

5

その翌日は土曜日、涼太は午前中にスーパーで小豆――店頭には普通の小豆と大納言小豆の二種類があったが、とりあえず普通のものにした――と砂糖を買い込んできた。キッチンを占拠することは千春の了解を得ている。

まず最初に手に入れた小豆をバットに少しずつ広げ、色の悪いものや割れているものを選別した。これが結構時間がかかる。すべてをチェックし終える頃には昼時になっていた。

その日は修も千春も家にいたので、三人でカップラーメンで昼食を済ませ、選別済みの小豆を正確に百グラムずつ分けると、軽く洗ってから茹ではじめた。

茹でるときの水の量や途中で差し水をした量、そのときの湯の温度などを正確にメモしながら作業を進める。

まずは渋切りを二回にしてみた。その後の手順は学校で教わったとおり。砂糖は上白糖で試してみる。塩は入れなかった。五十分ほどで第一号の餡が完成する。湯気の立った粒餡をバットに広げ、冷ます。

「できた？」

千春が覗きに来た。原稿を書いていたはずの修までやってくる。

「お、見た目は充分に餡子だね。もう食べられるのかな？」

「もう少し。自然に冷めるのを待ったほうがいいんだ」

涼太はバットの縁に触れて温度を確認する。何度目かのチェックで、

「……そろそろいいかな」

室温にまで冷めた粒餡を三つの皿に分けてテーブルに置く。涼太と千春と修がその前に座った。

「いざ、実食」

各自スプーンで餡を掬って口に入れた。

「…………」

「…………」

「……美味しいんじゃない？」

最初に感想を言ったのは、千春だった。

「悪くはないね」

続けて修が言う。

「初めてにしては上出来だ」

「初めてじゃない。二度目」

訂正した涼太は、表情を曇らせている。

「どうしたの？　美味しくない？」

千春が問いかけると、彼はもう一口餡を試食して、

「……やっぱり、まだ後味が悪い。もう少し渋切りが必要だと思う」

「そうかな？　俺は別にこれでいいと思うけど」

「センセはいささか味音痴《おんち》なところがあるからね。涼君の舌は敏感なのよ」

千春が言うと、修は納得しかねるように、

「そうかなあ……まあ、ＯＫかどうかを決めるのは涼太だしな」

涼太は立ち上がり、すぐに別に取り分けてある小豆を茹ではじめた。次は渋切りを三回にしてみた。

できあがった餡を冷まし、試食する。修は仕事部屋に戻ったので、相伴したのは千春だけだった。

「どう？」

「……やっぱり、まだ味が残る」

「そう？　わたしはこれくらいでもいいけど。でもまあ、涼君が気に入らないのなら、まだまだなんでしょうね」

「うん。まだまだだ」

そう言うと涼太は再度餡作りの準備をはじめた。

「悪いけど夕飯の支度をしたいから、今日の餡作りはこの一回で終わらせてくれる？」

「わかった」

水を入れた鍋に小豆を投入しながら、彼は言った。

四回渋切りをした餡ができる頃には、もう夕刻になっていた。

「ずいぶん色合いが変わってきたね」

千春が言うとおり、三種類の餡を並べてみると、だんだんと餡の色が薄くなっているのがわかる。新しくできたものは、かなり白っぽい。

その餡を食べてみた。

「……うん、後味は抜けてる」

涼太は頷いた。

「これくらいなら及第点だな」

「どれどれ？」

千春も餡を口に入れた。しばらく味わい、それから考え込むように眉根を寄せた。

「どうかな？」

尋ねた涼太に千春が答えようとしたとき、

「どう？　進展はあった？」

修がやってきた。執筆は一休みらしい。

「いいところに来た。センセ、これ食べてみて」

千春は自分の皿の餡をスプーンで夫の口に入れた。

「どう思う？」

妻に尋ねられ、修は少し考えてから、

「美味い。でも不満だな」

と答えた。

「なんかさ、あっさりしすぎてる感じだ。なんていうか、コクが無いっていうか」

「そうよね。わたしもそう思う」

「……そうだね」

千春に続いて涼太自身も同意する。

「たしかに後味はなくなった。でもその分、風味も薄くなった気がする。どうしてだろう？」

「渋みと風味はトレードオフってことだな」

修が言った。

「つまり何かを得ると何かを失うわけだ」

「うーん……」

涼太は腕組みをして、

「……でも、いやな後味はなくしたいんだ。その上でもう少し風味のある餡にしたい。どうしたらいいんだろう……渋切りの時間を短くするか、それとも茹でる水の量を減らす？　いや、もしかして小豆の種類で違うのか。店に並んでいた大納言小豆なら、もっと違う味になるのか……小豆と水、他の要素は……砂糖か。上白糖ではなく三温糖かグラニュー糖にすれば、また味が変わるかも……」

あれこれ言いながら手許のメモに書き込んでいたが、急に髪を掻きむしりながら、

「ああもう、変量がいろいろあって訳がわからなくなる！」

「落ち着きたまえよ若者」

千春が涼太の肩を叩いた。

「そんなに簡単に理想の味が見つかるわけないでしょ。今日はこれくらいにして、またトライしてみたら？」

「……わかった。そうする」

涼太は渋々ながら承諾した。そして呟いた。

「餡の迷宮……意味がわかった気がする」

6

秋風がかすかに感じられるようになったある日、涼太は休憩所のテーブルに着いていた。

ひとりではない。彼の前には胡桃沢が座っている。そして彼の周囲には……。

「どうして君たちがいるんですか」

涼太が尋ねると、

「だって河合さんと胡桃沢先生の対決、見たいもの」

答えたのは爽菓だった。

「そうそう、勝負は見届けなきゃ」

朱音が同意する。

「同じ班の人間として、河合さんの上達度を確認したいですしね」

陶子が言った。そして寿莉は、

「……ごめんなさい」

小さく言った。

「え？　どうして謝るんですか」

涼太に訊かれ、彼女は小さくなりながら、

「その、お邪魔しちゃって悪いかなって」

「悪くはないですよ。ただ、そんなに大袈裟《おおげさ》なものじゃないんですけど」

「大袈裟ではないの？」

今度は胡桃沢に訊かれた。

「A班が全員で押しかけてくるくらいだから、何か大事《おおごと》かと思ったんだけど」

「大袈裟ではないけど、大事《だいじ》ではあります」

涼太は答える。

「僕の一ヶ月の研究結果を先生に確認していただきたいんです」

そう言って、彼はテーブルの上にレジ袋を置く。中から出てきたのはタッパーだった。

胡桃沢が、その蓋を開けた。そして中に入っているものを、じっと見つめた。

「これが、君の研究結果なの？」

「はい」

涼太は別の容器に収めていた小皿とスプーンを取り出し、タッパーの中身――粒餡を少し移した。

「食べてみてください」

小皿に小さなスプーンを添えて差し出す。

胡桃沢は皿を手に持ち、載せられている餡を美術品を鑑賞するように眺めた。そして尋ねる。

「小豆は？」

「十勝《とかち》産のものを使いました。エリモショウズという品種です。和菓子にはよく使われると聞きました」

「たしかにね。僕も店で使っているよ」

胡桃沢はスプーンで餡を掬うと、口に入れた。しばらく舌の上で味わうようにして、飲み込む。

「……渋切りは何回にした？」

「三回です。一回目は茹で時間を七分、二回目は五分、三回目は四分にしました。時間を変えたのは渋みの抜け加減を考慮したためです」

「細かいね。砂糖は三温糖？」

「はい。小豆の渋を抜いた分、上白糖より風味の強い三温糖にしました。小豆百グラムに対して百二十五グラム入れてます。塩は入れていません。どうでしょうか」

今度は涼太が尋ねる。胡桃沢はもう一回餡を食べてから、

「……いいんじゃないかな。ちゃんと餡子になってるし」

と言った。

「餡になってる、ですか」

「うん。小豆と砂糖と水、この三つを合わせて煮れば、とりあえず餡子にはなるからね」

その返答に、涼太は少し困惑した。

「……美味しい餡ではない、ということですか」

「そんなことはないよ。充分に美味しい。君たちは食べてみた？」

胡桃沢が四人の女子生徒に尋ねる。

「まだです」

「食べてません」

それぞれ返答した。

「じゃあ食べてごらんよ。美味しいよ」

「食べていい？」

朱音が尋ねると、涼太は黙って頷く。

爽菓が皿を持ってきて、四人分を取り分けた。

「じゃあ、いただきますね」

陶子が言って、一斉に口に入れる。

「……美味しい」

「うん、美味しい」

「なんか、上品な味」

「……美味しい、です」

四人の口からそれぞれ感想が洩れる。しかし涼太の表情は冴えない。

「先生、僕の餡はどこがいけないでしょうか」

「いけないところなんかないよ。これでいいんじゃない？」

胡桃沢はあっさりと答える。

「君は不満なの？」

「はい」

涼太は答えた。

「これは現時点での僕の到達点です。終着点ではありません。この先もっと良いものにするために、どうしたらいいのか教えてください」

「なかなか難しいことを言うねえ」

胡桃沢は、にやりと笑う。

「どうやったら自分の作るものがより良くなるかなんて、ものを作っている人間ならずっと考えていることだよ。僕だって毎日考えてる。答えは見つからない」

「ないんですか」

「ないんじゃない。見つからないんだ。あれこれ試して、それで失敗してまた別の方法を試して、その繰り返し」

「繰り返しですか」

「そうだよ。それ以外に方法はない。まさか君、半年や一年で満足できる餡が作れるようになるって思ってたんじゃないだろうね」

「思ってました」

涼太は正直に答えた。

「然るべき材料と分量と方法、これが見つかれば簡単に自分が最高と思う餡が作れると思ってました。これは間違いでしょうか」

「間違ってるねえ、根本的に。最高の餡？　そんなの、僕だってお目にかかったことがない。店で作っているのは、自分なりに工夫して生み出した及第点の餡だ。充分に売り物になる。でも、最高ではない」

「意外です。プロが作っているものはみんな、そのひとたちの最高傑作だと思ってました。だって多くの店では製法がずっと変わらないと聞きました。つまり作りかたはもう固定されてるわけですよね。その餡が一番いいと思ってるんじゃないんですか」

涼太の質問に、胡桃沢は鼻の頭を掻きながら、

「河合君、君の考える最高傑作って100点満点で何点ぐらいかな？」

「それはもう、最高傑作だから100点です」

「満点かあ。そりゃ無理だ。100点満点の人間なんていると思う？」

「それは……いないかもしれません」

「だよね。満点でない人間が作るものが満点になるだろうか」

そう言われ、涼太は考え込む。

「……100点は無理ですね」

「だろ？　じゃあ、何点ならＯＫを出す？」

「そう……100点は無理でも98点くらいは目指したいです」

「98点かあ」

胡桃沢はまた笑った。

「まあいいけど。じゃあ、この餡は今、何点かな？」

「そうですね……40点くらいでしょうか」

「僕は自分が作る餡を90点くらいだと思ってる。低いと思うかな？」

「そう、ですね。意外です」

「プロならもっと上を目指せって？」

「そういうものだと思ってました」

「わかるよ。僕も若い頃、そんなふうに思ってた。でも叔母《おば》さんに考えを変えられた」

「おばさん？」

「プロの作曲家なんだ。ペンネームを言ったら知ってるかもしれない。作曲した楽曲がいくつもヒットチャートに入ったひとでね。その叔母さんは僕が和菓子職人になると告げたとき、言ったんだ。『君は何点の菓子を作る職人になるつもりなの?』って。僕は100点なんて言わなかった。『98点を目指します』って言った。そう、君と同じだよ。それから何年か経って、僕は自分の店を持った。その店で満足できるレベルの和菓子を提供しようと思った。毎日頑張って研究を重ねたよ。98点を目指したんだ。でもどうしても、そのレベルに達しなかった。もっとよくなる、もっと工夫できる。そう思いながら、でも結果に満足できなかった。追いつめられて、もう店を閉めてしまおうかと考えるまでになった。そのとき、作曲家の叔母さんに言われたんだ。『君、まだ98点を目指してるの?　じゃあ今の君が作る菓子は何点だと思う?』ってね。僕は考えて『まだ90点くらいです』と答えたら『それで充分じゃないの。わたしだって自分の書いてる曲を90点ぐらいだと思ってるよ』って言った。それから教えてくれたんだ。『これから歯を食いしばって頑張って90点のものを93点くらいにまで上げられたとしましょう。君は『これで98点に3点近付けた』と思うかもしれない。だけど他の人間から見れば、苦労に苦労を重ねてたった3点しか上げられなかっただけなの。その3点を上げるために費やした苦労を評価するのは自分だけ。客は3点なんて気にしない。その労力で90点の菓子をより多く作ることのほうが客のためになるんだよ』ってね。この考え、どう思う?」

胡桃沢に問われ、涼太は考え込む。

「どう、かなあ……」

「素直には納得できない、かな？　わかるよ。僕もそうだったからね。最初は叔母さんの言うことに納得しなかった。職人ならよりレベルの高いものを目指すべきなんじゃないかってね。だからすぐには受け入れられなかった。河合君も納得できなければ、受け入れなくてもいいよ。それも人生の選択だからね」

「あの……」

おずおずと、寿莉が言った。

「胡桃沢先生は、今は90点のお菓子を作ってるんですよね。それは叔母さんの言ったことを受け入れたってことですか」

「そうだね。受け入れた。受け入れざるを得なかったというのが正しいかな。きっかけは、ある常連さんの言葉だった。一生懸命考えて作った新作菓子を買ってくれたんだけど、次に店に来たとき『やっぱりいつもの草餅がええ』って言って、二度と新作を買ってはくれなかった。じゃあってんで別の菓子を考案して店に並べたんだけど、やっぱり一回だけ買って終わり。それで思いきって新しい菓子は何がいけないのか訊いてみた。そのときに言われたんだ。『あの菓子は洒落臭《しゃら》い』ってね」

「しゃらくさい？」

「生意気、ってことかな。なんかエラそう、みたいな。そう言われて気が付いた。そう言えば僕、草餅とか大福みたいな定番の菓子より新作のほうが上等だと思って作ってたなあって。そういう態度が菓子に表れてたんだと思う。僕が頑張って上げた3点は、そういうものだったんだ。このまま更に高みを目指したところで、僕の菓子がもっと洒落臭くなるだけだって思った。だから方向転換したんだよ。草餅、大福、饅頭といった菓子を90点の出来で続けられるように努力しようって」

「新作はもう作らなくなったんですか」

「いや、季節ごとに作ってるよ。でもこれも90点のものだ。たまに91点くらいを狙ったりもするけどね」

そう言ってから、胡桃沢は涼太に向かって、

「今の僕の話は、参考程度に記憶に留めておけばいい。君にも90点和菓子職人になれ、なんて言わないよ。世の中には満点を目指して精進している和菓子職人も、たしかにいる。君ももしかしたら、そういう人間なのかもしれない。でも僕は違った。学校でもそういう菓子の作りかたを教える。基礎だ。その先は自分で勝手に目指せばいい。でもね」

彼は意味ありげに微笑んだ。

「基礎もできてないうちから至高を目指そうなんてのは、それこそ洒落臭いよねえ」

7

淡い橙色《だいだい》の練切が丸みを帯びた四角形に象《かたど》られている。一部にかすかな白が差し、光を反射しているように見える。その上に枯れた色合いの練切餡で作られた蔕《へた》を載せる。たちまち夕陽に映える熟れた柿が目の前に現れた。

ティンはひとつひとつ丁寧に、そして素早く柿の和菓子を作っていく。

「これ、ティンさんが作ったんですか」

涼太が尋ねると、

「蔕だけね」

ティンは仕事の手を止めずに答えた。

「まだ包餡はさせてもらえません。わたしがやっても、柿にならない。柿もどきです」

三十六個の柿を完成させると、ティンは大きく息をつき、強張った首を回した。

「でも、少しずつ仕事を任されてます。蒸すのはわたしの仕事です。師匠が作った外郎《ういろう》を一番美味しく蒸します。河合さんは、学校、どうですか」

彼女は唐突に話題を変えた。

「面白いです」

涼太は自然に答える。

「蒸し器も使いました。温度管理が難しいですね」

「そうです。全自動でもやれるけど、師匠はわたしの勘を信じて任せてくれます」

「すごいなあ」

涼太が素直に感心すると、ティンは少し含羞《はにか》んだように微笑んだ。

「そろそろ師匠、帰ってくると思います」

彼女の言葉を聞いていたかのように、作務衣姿の華房が厨房に入ってきた。

「お帰りなさいませ」

背筋を伸ばしたティンが深々と頭を下げる。涼太も倣《なら》って頭を下げた。

「遅くなりました」

とだけ言って、華房は流しで手を洗った。そしてティンが作った柿の菓子をじっくりと眺める。

ティンの表情が緊張で硬くなるのがわかった。

ひととおり眺めた後、華房は箸を手に取ってティンが載せた蔕の位置をいくつか直した。そのうち三つは蔕を取り除く。

「この三つ以外は店に出して」

彼の指示でティンは合格したものを店頭に持っていった。涼太は残された三つの柿の蔕をしげしげと眺めた。

「ああ、そういうことか……ん？」

納得したり首を傾げたりした後、華房に訊いた。

「先生、こっちのふたつは撥ねられた訳がわかります。蔕が少し切れてるんですよね？　ほんのちょっとだけど」

「そう、ほんの少しです。実物の柿なら、これくらい切れた蔕は当たり前にありますね」

「でも、和菓子では駄目なんですか」

「私が作っているのはリアルであってリアルではない、象徴としての柿を象った和菓子です。私がそこに切れ目を入れるつもりで作ったのなら、これでもいい。しかし今回、私はそれを望んでいません。だから外しました」

「それは完璧を目指すためですか」

涼太が尋ねると、華房は小さく首を振った。

「完璧など求めてはいませんよ。私は気分屋なんです。そのときの気持ちで判断する。別の日ならこの蔕でもＯＫを出していたかもしれません」

「毎日基準が変わるんですか」

「変わります。それが私のやりかたなので」

「じゃあ、こっちのひとつは？　これは蔕に切れ目もないし形も悪くないと思うんですけど、これも気分ですか」

「気分ですね。ただし蔕ではない。柿の実のほうに不満がありました。作ってチェックしたときには迷っていたのを、やはり気になって外しました」

涼太は蔕を取られた三つの柿をそれぞれ見つめた。

「……どこがよくないのか、わかりません」

正直に言うと、華房は柿のひとつを指差して、

「白のぼかしが大きすぎます。これでは夕陽に照らされたのではなく、ただの白い染みに見えてしまう」

涼太は指差されたものをじっくりと検分した。言われてみれば他のものより白い部分が大きいようだ。しかしそれは、言われなければわからないレベルだった。

「先生は、ご自分が作るものに妥協をしないんですね。やっぱり満点を目指されているのですか」

「満点？」

「この前、製菓学校の胡桃沢先生に訊かれたんです」

胡桃沢は90点をキープして菓子作りをしている、という話をした。

「でも華房先生は100点を目指しているんですね」

「100点……」

華房はかすかに眉を寄せて、

「それは、多分違います。私は完璧なものを作ろうとはしていません」

「でも、この蒂は……」

「この蒂の付いた練切では売り物にならない。そう判断したから外したんです。この菓子は失敗作です」

「零点ってことですか」

「点数ではありません。私は自分の菓子に点数を付けることを好みません。良いか悪いか、だけです。しかしそれは零点か100点か、ということではないんです」

「……よくわかりません」

涼太は素直に言った。

「わからないのであれば、それでいいです」

素っ気ない華房の言いかたに、彼が言葉を足そうとしたとき、

「まるかばつか」

いつの間にか厨房に戻ってきていたティンが言った。

「○か×か、ですよね。良いものは良い。悪いものは駄目」

「それって、やっぱり零点か満点か、じゃないんですか」

涼太は食い下がる。ティンは半ば呆れたように、

「あなた、頭悪いね」

自分のこめかみのあたりを指で突つきながら、

「点数で考えたら、中間のものもある。30点、50点、80点。いろいろなものがあっ

て、訳がわからなくなる。それより自分で、これはいい、これは駄目、って決めるほうがわかりやすいです」

「そうかなあ……」

涼太は納得できない。

「ひとつずつ努力していって点数を積み上げて、そうやって成長していくほうがわかりやすいと思うんですけど」

「みんなそうしてるよ。わたしもやってる。でも作った菓子は、良いか悪いか、それだけ」

どこまでいっても議論は平行線のようだった。

「この件に関しては、お互い宿題としましょう」

取りまとめるように、華房は言った。

「これからの菓子職人としての人生の中で、答えを見つけていくといい」

「答えはすぐには出ない、ということですか」

涼太の問いに、彼は頷く。

「急いで答えを出さなければならないことでもありませんしね。ところで、今日は私に何か食べさせたいと言ってましたが」

「ああ、そうでした」

涼太は持ってきたペーパーバッグからタッパーを取り出した。

「これ、僕が作った粒餡です。味の評価をお願いします」

タッパーに詰めてきた餡を小皿に分け、差し出した。

華房は餡を眺め、「いただきます」と言ってから餡を口に運んだ。

涼太はじっと、その様子を見つめる。華房はしばらく黙ったままだった。涼太も何も言わない。ティンもそんなふたりを黙って見ていた。

「……子供の頃、餡が嫌いだったと言ってましたね」

華房が口を開いた。

「何か理由があってのことですか。それとも単に餡の味が嫌いだったのですか」

「もっと小さな頃は、餡子が好きでした。母さんが作ってくれたぼたもちが大好きだった。でも母さんがいなくなって、そのぼたもちは食べられなくなりました。千春さんが代わりにぼたもちを買ってきてくれたけど、全然味が違ってて吐き出しそうになりました。それ以来、餡は食べなくなりました。ずっと自分は餡が嫌いなんだと思っていました。でも華房先生の菓子をいただいて、あらためて餡の美味しさに気付きました。世の中には美味しい餡と美味しくない餡があると知りました。僕を餡嫌いにさせたぼたもちを、この前食べてみました。かなり雑味の多い味で、しかも甘すぎました。多分渋切りをあまりしていなくて、砂糖を入れすぎているんだと思います」

「それで、こういう餡になったわけですね」

「はい。これが僕が美味しいと思える餡です。先生の餡にかなり近くなったと思うのですが」

「ほんと？」

ティンが横から手を伸ばし、タッパーの餡をスプーンで掬って食べた。しばらく味わった後、眉をひそめて、

「違う違う。先生の餡とは全然違う」

「どこが違うのでしょうか」

「味に深みがない。口溶けも悪い。先生の餡はもっと、食べてすぐに美味しさが広がって、それからすっと消えてしまって、でもその後も余韻が残るよ」

「ティンちゃんの評価は、概ね合っているね」

華房が言った。

「私が付け加えるなら」

彼は小皿を置き、涼太に向かって言った。

「『それで？』」

「え？」

「それで、君は何がしたいの？」

「何って……美味しい餡を作りたいと思って――」

「美味しい餡で、何をしたいの？」

華房はさらに追及する。涼太は答えに詰まった。

「餡はたしかに和菓子の基本です。これを作れなければ、菓子職人として一本立ちはできない。しかしこれが完成品ではない。職人は餡を使って和菓子を作ります。餅を餡で包んだり、餡を餅で包んだり、羊羹に仕立てたり、善哉《ぜんざい》にしたり。君はこれで、何を作るつもりですか」

「それは……いろいろと応用したいと」

「応用ね。いいでしょう」

華房は、あっさりと言った。

「次、私に何か食べさせたいと思うなら、完成品を持ってきてください。君の餡で作られた君の菓子を」

君の菓子――華房の店を出て駅に向かいながら、涼太はその言葉を考え続けていた。

僕の菓子。それは何なのか。

今までにないもの？　それとも、今より良いもの？

華房の店に並んでいた菓子を思い浮かべる。どれも美しく、美味しそうだった。実際食べてみて、美味しくないものなどひとつもなかった。華房先生の和菓子は、最高だ。

先生の菓子を最高と思っている自分が、それでも「自分の菓子」を作り出すことができるのだろうか。

わからない。自分は何を作ればいいのか。

溜息が出た。自分には何もわからない。

駅への道は一本道、目印の鳥居もあるから迷うはずもない。なのに涼太は自分が迷子になってしまったような気がしてならなかった。真っ直ぐな道が迷路のように感じられる。

――餡の迷宮へようこそ。

胡桃沢の言葉が甦る。

餡だけではない。和菓子そのものが迷宮だ。

涼太は、その迷宮の途中で行き詰まっていた。

第四章　新春和菓子コンテスト

1

「十五」

寿莉が顔を上げ、言った。朱音はその数字を自分のメモ帳に書き込む。

「最高記録だね」

「うん。かなり薄めに焼いてるけど、食感はどうなのかな？」

「では実食」

朱音がフォークを手に取る。上からゆっくり押し入れると、クレープと生クリームの層がフォークに切られていく。十五層のミルクレープは端を断たれ、三角形から台形へと変わった。

切り取った部分をフォークの上に載せ、落とさないように慎重に口へと運ぶ。

「どう？」

口をもぐもぐさせている朱音に尋ねても、すぐに答えはない。ゆっくり味わい、近くに店員がいないのを確認してから、

「いまいち」

と彼女は言った。

「食べてみて」

朱音が切り取ったところから寿莉も一口分フォークを入れて、食べてみた。

「……うーん」

思わず首をひねる。

「なんだろ、生クリームの存在感が強すぎるみたいな」

「クレープを薄く焼きすぎてるからだよ。だから生クリームが勝っちゃう。層を増やせばインスタ映えして集客にはいいかもしれないけど、味の点では逆効果だね」

「クレープの厚みはそれなりに必要ってことか」

「層を増やせばいいってわけじゃないね。これは生クリームだけだけど、間にスライスしたフルーツとかを挟んだりしたら、もっとクレープの立場が弱くなると思う。これは検討すべき課題」

などと文句を言いながらも、ふたりは次々とフォークを差し出して、一皿のミルクレープを食べ尽くした。

朱音は紅茶を一口啜ってから、自分のメモ帳を寿莉に渡した。

「これで六軒目。そこそこデータが集まったね」

一ページにひとつ、ミルクレープのデータが書き込まれている。日時、店名、値段、味の感想に加えて、見た目の特徴などもイラストで描かれていた。簡単だがとてもわかりやすい図解だった。

「朱音って絵の才能もすごいね」

「それほどでも、ね」

朱音はあっさりと言う。そういえば前に「幼稚園の頃から将来の夢はケーキ屋さん」だけど「途中で漫画家とかモデルとかもいいかなって思った」と言ってたっけ。

「やっぱりお店によって作りかたも味も違うね」

朱音が話題を戻した。絵のことはあまり触れられたくないらしい。

「何が正解か、わからないね」

寿莉も応じる。

「わからないまま、右往左往するしかないのかなあ」

「そういうことだね。こっちの道も迷宮入り」

「ミルクレープの迷宮かあ」

寿莉は眉を寄せた。

「お菓子の世界って、こんなのばっかり。洋菓子も和菓子も」

「和菓子といえば」

と、朱音はスマートフォンを操作した後、寿莉にディスプレイを見せた。

「我等が『餡子のひと』は順調に苦悩しているよ」

表示されている写真には、並んだ餡子玉を前に苦悩の表情を浮かべている涼太の姿があった。

「これ、どうしたの？　どこで撮ったの？」

「調理実習室で盗撮」

「なんか、いろいろ突っ込みどころが。盗撮って？」

「隠れてパシャリ。彼、集中してたからシャッター音にも気付かなかった」

「そういうのって——」

「モラルの話はせんでくれ。情熱はときに罪を厭《いと》わない」

最近の朱音は涼太へのアプローチを隠さなくなっていた。

「じゃあさ、どうして河合さんが調理実習室をひとりで使ってたの？」

「ひとりじゃない。胡桃沢先生の補習」

「ああ、そういえば先生、そんなこと言ってたね。特別に補習をするから質問のあるひとは来てくれって。そんなにたくさんのひとが出たの？」

「実際には三人だけ。河合さんとC班の川島《かわしま》さん」

川島……名前だけではすぐに思い出せなかった。

「河合さんと同じくらい和菓子に食らいついてる子」

朱音の補足でやっと顔が思い出せた。胡桃沢の授業で小豆を配られたとき「色の黒いものが交じってます」と答えた子だ。

「彼女も和菓子職人志望だって」

「ふうん。それで、あとひとりは？」

「補習に参加せずに盗撮できるとお思いか」

「じゃあ、朱音が？　どう――」

どうして、と訊こうとして言葉を飲んだ。目的は盗撮写真で明らかだ。

「河合さん、またまた自分で炊いた餡子を持ってきたの。先生に味見してもらって、どれがいいのか訊いてた」

「でも、それは前にもやったでしょ。胡桃沢先生は『答えはない』みたいなこと言ってたし」

「それでも第三者の意見が聞きたかったみたい。で、その結果が、この顔」

「そんなにひどい評価だったの？」

「ううん、先生は相変わらず『これでいいんじゃない？』としか言わない。だからよけいに彼、悩んじゃったみたい」

「それでこんなに苦しんでるのか」

「世界に絶望するほどに……というのは嘘。河合さんもあっさり『やっぱりそうですか』って返してた」

「でもこの顔は？」

「これはね、くしゃみをする直前の顔。たまたま撮ったら悲劇の主人公っぽく見えたから保存した」

朱音はしれっと言う。

「こういう顔も似合うと思わない？　どう？」

「はいはい」

「軽く流したな」

「だって朱音、あれこれ言うわりに、ちゃんと河合さんに告ってないんでしょ？」

「告……」

いつもの悠々とした朱音の表情に、少しだけヒビが入った。

「……そういうの、ちょっと無理」

「どうして？」

「どうしてって、わかるでしょ。彼、高嶺《たかね》の花だし」

「たかねの、はな？」

「手が届かないってこと。大卒の理系で超有名な小説家の息子……息子じゃないか、親戚で、頭が良くて顔もそこそこで」

「だけど気さくだし礼儀正しいし理系とか大卒とかを鼻にかけたりもしないし年下だからとか女だからとかって見下したりもしないよ。理想の相手じゃん」

「だ、か、ら。理想すぎて眩い。恐れ多い。それにライバルも強い」

「ライバル？」

「気付いてない？　陶子」

「そうなの？」

「河合さんが河合修の甥だって知ったときから目付きが変わった」

「それは河合修のファンだからで、それとこれとは」

「将を射んと欲すれば先ず馬を射よ」

「朱音ってときどき知らないことを言う」

「河合涼太の妻になれば河合修と縁続きになる。ファンとしてはこれ以上の玉の輿《こし》はない」

「玉の輿……そんなもんかなあ」

「彼女だけじゃない。爽菓も参戦しそうな気配がある」

「爽菓も？　ほんとに？」

「河合さんに好意的なのは確か。彼と話してるとき、あの子の声のトーンが若干変わる」

「そこまで……よく観察してるね」

「さらに寿莉、あんたもね」

「わたし？　え？　どうして？」

「『だけど気さくだし礼儀正しいし理系とか大卒とかを鼻にかけたりもしないし年

下だからとか女だからとかって見下したりもしないよ。理想の相手じゃん』」

朱音は先程の寿莉の言葉をそのまま繰り返した。

「これだけ彼の美点を即座に一気に言えるってのは、なかなかに怪しい」

「そんなことないってば」

寿莉は首を横に振る。

「わたしは特にそんなこと、思ってない」

「ほんとに？」

「ほんと」

「間違いない？」

「間違いない」

寿莉は断言する。

その瞬間、彼女の心の奥で何かが、ちくり、と痛んだ。

……あれ？

2

「――現在の我が国の産業保険対策の基礎は、第二次世界大戦終結後の一九四七年に労働基準法が制定されたことに始まります」

棚島《たなしま》講師の少しくぐもった声が教室に流れる。

「この法律によって戦後の労働者の賃金、労働時間、休日、安全衛生、災害補償の最低基準が保障されたわけですが、その後の経済成長を経て、日本人の労働状況や職場環境は劇的に変化していくわけです」

メモしようとしながらも、潮が満ちていくような眠気の到来を寿莉は感じていた。

製菓学校だからといって実習ばかりしているわけではない。同じくらいの時間を座学に費やしている。国家資格である製菓衛生師の取得を可能とするためだ。この資格を持たなくてもパティシエや和菓子職人、パン職人になることはできるが、資格があれば就職に有利であるし、自分で店を持つときに必要な食品衛生責任者の資格がすぐに取得できるというメリットもある。海外でパティシエとして働こうとする場合でも就労ビザを取得するのに有利らしい。

そんなわけで、今日も寿莉は睡魔と戦いながら公衆衛生学の授業を受けていた。この話のどこが菓子作りに結びつくのか今ひとつわからないが、きっと大事なことなのだろう。眠いけど。

ふと視線を隣に向ける。爽菓が真面目な顔つきでノートを取っていた。彼女は何事にも熱心で誠実だ。名前に「菓」の字が入っているから菓子職人を目指した、と軽く言っていたけど、実際は浮ついたところなどなく、真剣に取り組んでいた。

やっぱり信念のあるひとは違うなあ、と寿莉は思う。あのとき涼太は「他にしたいことがなかったから」この学校に入ったと言った自分に「菓子作りの他にしたいことがなかったなんて、素敵です」と言ってくれたけど、実際のところはどうなんだろう。たいした目的もなく専門学校に入った自分に、ちゃんとした菓子作りができるのだろうか。

せめてみんなの半分くらい情熱があれば……。

ぽん。乾いた音がした。

「お疲れかな？」

棚島が持っていたテキストで生徒の机を叩いた音だった。その音で驚いたように顔をあげたのは、涼太だった。

「……あ、すみません」

「もう一度訊く。眠くなるほどお疲れかな？」

「いえ。疲れてるのではないです。一方的に知識を詰め込むばかりだと刺激が少なくて眠りを誘発されるみたいです」

「私の授業は退屈だということかな？」

「退屈ではありません。公衆衛生学は人間が健康的な生活を送るために必要な知識を教えてくれます。これは食という生命維持の重要な要素を担う者にとっては大切なことです。ただ僕は自分で考えることを止めて知識だけを受容するということがあまり得意ではないようです。小学校のときも九九がなかなか覚えられませんでした。暗記とかも苦手です」

「しかし覚えなければならない知識もあるよ。九九もそうだが、私の授業も製菓衛生師になるためには必ず習得していなければならないものだ」

「理解しています」

涼太は突然、立ち上がった。そして深く頭を下げた。

「今後、気を付けます」

彼の唐突な挙動に棚島はいささか毒気を抜かれた様子で、

「……ま、わかればよろしい」

そう言って教壇に戻っていった。

授業後、陶子が涼太に言った。

「あんなに理屈っぽい居眠りの言い訳、今まで聞いたことがなかったです」

「そんなに理屈っぽかったでしょうか」

「とても。でも、河合さんらしいです」

陶子は柔らかく微笑んだ。

「河合さんの理屈って、逃げたり言い訳したりするためじゃないところがいいね」

爽菓が言った。

「なんか、前に進むための理屈って感じで」

「前に進む、かあ。そうかなあ」

涼太は首を捻る。

「僕はずっと迷宮をぐるぐる迷ってるだけって気がしてるんですけど」

「ぐるぐるでも前に進んでるだけ、いいと思いますけど」

陶子の言葉に、

「そうそう」

爽菓は頷く。

「そうでしょうかね……まあ、そう思うことにします」

涼太が自分を納得させるように頷いた。

「河合さんってさあ」

朱音が寿莉にだけ聞こえるように、言った。

「みんなを肯定させるよね」

「肯定？」

「彼、否定的なこと言わないから、まわりの人間も肯定的になる。ま、爽菓も陶子ももともと自己肯定感が高そうだけどね。わたしだって最近は、そんな雰囲気」

「自己肯定感、かあ」

寿莉は朱音の言葉を繰り返した。

自分はまだ、そうならないな。自己肯定感なんて底値で安定だ。

「でも、やっぱり確証が欲しいです」

涼太が言った。

「前に進んでるだけじゃなくて、その結果として何かを得たい。このまままだ回ってるだけじゃないってことがわかる成果が欲しいです」

「成果って、たとえばどんな？」

爽菓が尋ねると、涼太は考えながら、

「そう……自分でも納得できる菓子を作ることができるのか。今はできなくても、このまま進めばできるようになるのか。それが確認できればいいんですけど」

「確認、ねえ。また餡子を炊く？」

「餡子の探究は続けてます。それはそれとして」

「他に何か目標が欲しいわけね？」

「そうです。何かできるといいんですが」

「何か、ねえ……」

爽菓も陶子も彼に倣って首を捻る。

「……あ」

声をあげたのは、朱音だった。今度は皆に聞こえるように、

「ちょっと待ってて」

そう言うと教室を飛び出した。

「何だろうね？」

「何かしらね?」

「何でしょうね?」

三人が一様に呟く。寿莉も心の中で「何なんだ?」と思った。

四人に疑問を抱かせた朱音は、しばらくして戻ってきた。手に一枚の紙切れを持っている。

「これ」

その紙を涼太に突き出した。

受け取った彼が紙面を見つめる。爽菓も陶子も、そして寿莉も覗き込んだ。

「さっき事務室にたくさんあったの見てたから」

朱音が説明する。

「これ、菓喜会《かきかい》の会報だよね」

爽菓が言った。

菓喜会というのはこの地域の和菓子店が集まって作っている団体だ。和菓子の更なる普及と発展を目指して結成された、と会報の冒頭に書かれていた。

「これがどうしたの？」

「だから、ここだってば」

朱音が指差したのは、ひとつの記事だった。

【新春和菓子コンテスト　エントリー受け付け中】

「『若手職人の技術を競い、更なる研鑽《けんさん》を積むこと、ならびに和菓子の魅力を広く伝えるために、今年も新春和菓子コンテストを実施することとなった。若き才能の応募を期待する』」

爽菓が文面を読み上げてから、尋ねた。

「それで、これがどうしたの？」

「これで前に進んでるかどうか確認できるんじゃない？」

朱音が応じる。

「まさか、エントリーしろってこと？」

陶子の問いかけに、朱音は頷く。

「そう。いい腕試しじゃん」

「いやいやいや。ちょっと待ってよ。これって和菓子屋さんで実際に菓子を作っている職人さんたちのためのコンテストでしょ。専門学校の生徒が応募できるわけないでしょ」

「そうかな？　駄目かな？」

「駄目に決まってる」

陶子に否定されて、朱音は「うーん」と唸って黙り込んだ。

「まったくもう、早とちりなんだから」

爽菓が苦笑した。

寿莉は涼太の様子を窺った。彼は会報の紙面を真剣な表情で見つめている。そして、呟いた。

「書いてない」

「え？」

思わず寿莉が訊き返す。涼太は彼女のほうを見て、言った。

「応募資格です。ここに『和菓子作りに携わる若い方』とあります。それ以外に規定はない。専門学校の生徒が応募できないとは、書いてないんです」

「いやそれは常識だからでしょう？」

と、陶子が口を挟んだ。

「これはあくまでプロのコンテストだから、まさか製菓学校に通ってる生徒がエントリーしてくるなんて想定してないんじゃないでしょうか」

「いや、それは違うと思うよ」

朱音がすかさず反論する。

「プロしか応募しちゃ駄目だっていうのなら、ちゃんとそう書くはずだもの。書いてないんだから、応募できるよ。ねえ？」

「……」

「ねえってば寿莉？」

「え？　わたし？」

自分が意見を求められているとは気付かなかったので、寿莉は少しうろたえる。

「えっと、その、どうなんだろうね……」

しどろもどろにしか答えられない。

涼太は会報を見つめたままだ。

「ここであれこれ言ってても、しかたないいんじゃない？」

爽菓が言った。

「こういうのは問い合わせてみるのが一番手っとり早いと思うけど」

「たしかにそう――」

そうだね、と寿莉が言おうとしたとき、涼太がその場から離れた。会報を持ったまま廊下を駆けていく。

「廊下を走っちゃ駄目だぞお」

その背中に朱音が声をかけたが、聞こえないようだった。

それきり、その日は彼の姿を見なかった。

3

家に帰ると珍しく母が先に帰っていた。

今日はどうしたの、と訊きかけて思い出す。正確にはキッチンに、でん、と置かれた丸鶏が教えてくれた。

「誕生日、か」

「忘れてたでしょ。父さん、悲しむよ」

そう言いながら菜津はバゲットを一口大に切る。

毎年、遠野家では父の永治の誕生日にローストチキンが供される。寿莉が生まれる前、結婚当初からの習わしらしい。チキンの中に詰められるものも毎年同じ、バゲット、干しぶどう、甘栗、玉葱《たまねぎ》だ。それらをバターで炒めナツメグで風味を付けると丸鶏の中に詰め込みオーブンで焼く。時間はかかるが面倒ではない、と菜津は言う。たしかに工程は少ないし焼くのもオーブン任せにできるから、手間はあまりかからないようだ。

冷蔵庫を見ると近所にある洋菓子店の紙箱が入っている。

「寿莉が作ったデザートでお祝いができるようになるといいね」

菜津に言われ、寿莉は曖昧に頷く。今まで自分が作った菓子を両親に食べてもらうという想像をしたことがなかった。もし実現したら……どんな顔をして父さんと母さんが食べるところを見ていたらいいのか、わからない。

「そうだ。寿莉が作った粒餡だけど。冷凍庫に入れてるやつ。あれ、おぜんざいにして食べてもいいかしら?」

「あ、うん」

頷いてから、

「でも……」

「ん？　なに？」

「あんまり、美味しくないけど」

「そんなことないよ。試食させてもらったとき、美味しいと思ったもの」

「そう？」

「そう。着実に腕を上げてるわね」

母親にそう言われ、少し面映《おもはゆ》くなる。それが表情に出るのを見られたくなくて、早々に自分の部屋に引っ込んだ。

同年代の女性の部屋と比較したことはないのだが、自分の部屋は物が少ないと思う。ベッドと机とカラーボックスがひとつだけ。そこには数冊の文庫本と製菓関係の本、そして沖縄に行ったときに買ったシーサーの置物が収められている。

ベッドに寝転がり、スマートフォンをケーブルに繋いで充電しながら「和菓子コンテスト」で検索してみる。いくつかのコンテストがヒットした。各地の和菓子職人団体が主催しているもの、企業とタイアップして開催するもの、中には高校生のみが応募できるコンテストもあった。

その中に菓喜会の和菓子コンテストについて書かれたものも見つかった。内容は朱音が持ってきた会報に書かれていたのと同じだ。あらためて読み直してみても、専門学校の生徒がエントリーできるかどうか、はっきりとはわからなかった。

ただ、読み逃していた部分もある。応募者は全部で五つの和菓子を提出しなければならない。春夏秋冬をテーマにした和菓子を、それぞれ違う製法でひとつずつ。そして残るひとつは自由な発想で作る。

これは難しいぞ、と寿莉は思った。カラーボックスから『和菓子教本』という本を抜き出し開く。製法で区別するなら、餅菓子、蒸し菓子、焼き菓子、流し菓子、練り菓子、揚げ菓子、という分けかたになるだろうか。それぞれ違う製法で四種類の菓子を作り、さらに自由課題でひとつ作らなければならない。

寿莉たちはこれらの製法を、ひととおりは習っていた。でもそれは、一回作ってみただけ、だ。

こんな状態なのに、河合さんは本気でコンテストに出るつもりなんだろうか。

「……無茶だよなあ」

思わず声に出る。でも……。

実習で練切を作ったときのことを思い出す。白餡を淡いピンクに染めた練切で包み、形を整え桃の形にしたのだが、寿莉が作ったそれは桃というより玉葱のような形になってしまった。餡が偏って練切の下から透けて見える箇所もあり、とてもではないが他人に見せられるような代物ではなかった。幸いなのは他の生徒の作品も似たりよったりだったことだろうか。

しかし、涼太の作品だけは違った。一目で桃だとわかる形になっていた。中の餡子も透けてはいなかった。

講師の胡桃沢は涼太の作った菓子を他の生徒より長く眺めた後、その隣に自分が作った見本を置いてみせた。そして涼太に尋ねた。

「わかる？」

「わかります」

涼太は即答した。

「僕のは対数美的曲線になってない」

「たいすう？　何？」

この返答に胡桃沢のほうが面食らう。涼太は説明した。

「曲率変化が単調で曲率対数グラフが直線になるものを指します。人間はそうした曲線を美しいと判断するんです。先生の練切はその曲線で作られています。でも僕のものは到底ひとつの数式で表現できるようなものではない。がたがたです。崩れてます」

「そうか。うん、そういう表現もあるんだね。勉強になったよ」

「先生のように作るにはどうしたらいいのでしょうか」

「単純なことだよ」

胡桃沢は言った。

「いっぱい失敗すればいい」

「失敗、ですか」

「そう。何度も失敗して作り直して、それを繰り返す。そうしてるうちに感覚が摑めてくる。手が覚えるんだ」

「それが修業というものですか」

涼太の質問に、胡桃沢はかすかに笑みを浮かべて、

「まあ、そういうことだね。頑張って」

と答える。すかさず涼太は、

「どれくらい頑張れば習得できますか」

と問う。講師は少し考えて、

「そうだなあ、君が和菓子を作るのを辞めるまで、だね。辞めたら頑張らなくてもいい」

その会話を聞いていた寿莉は、

「あの……」

と、思わず胡桃沢に声をかけていた。

「前に先生、自分の作る餡子は90点だって仰ってましたよね。90点出せるようになっても、頑張らなきゃいけないんですか」

「いい質問だね」

胡桃沢は微笑んだ。

「ピアノは一日練習を休むと、鈍った指を戻すのに三日かかるそうだ。菓子作りも、まあそこまでシビアじゃないけど、似たようなところがある。同じレベルを維持するのには平生の努力が必要なんだよ。自分は90点出せるからってサボったら、あっと言う間に点数は下がる」

彼は寿莉に言った。

「だから、頑張りつづけるんだ」

そのときの胡桃沢の表情はとても穏やかで優しかった。なのに寿莉は、そのときのことを思い出すと少し怖くなる。

ずっと頑張りつづける。そんなことができるだろうか。

ノックする音がした。

――ご飯できたわよ。

ドア越しに母の声がする。

「はあい」

小さく応えてベッドから起き上がった。

ダイニングキッチンに行くと、永治が帰ってきていた。スウェットに着替え、すっかり寛いでいる。

菜津がテーブルの真ん中に大きな皿を置いた。こんがりと焼けた丸鶏が、でん、と鎮座している。褐色に焼けた皮がつやつやとしていた。香ばしい匂いが鼻腔をくすぐる。

母は自分と父のグラスにはシャンパンを、寿莉の前には炭酸水を注いだグラスを置いて、

「では、お父さん、お誕生日おめでとう」

とグラスを差し出す。

「ありがとう」

と父はグラスを合わせる。寿莉も同じようにグラスを差し出した。

「さて」

と、菜津は年に一回このときのためだけに使う大振りのナイフとフォークでローストチキンを切り分けていく。長年やっているせいか手際は良く、程なくチキンはいくつかの部位に切り分けられた。寿莉は胸肉のほうが好きなので骨つきもも肉は両親に譲って皿に一番柔らかいところを載せてもらう。

「ではいただきましょうかね」

永治が言い、食事が始まった。母の焼いたチキンは胸肉でもぱさついておらず、ふっくらとジューシーだった。

「美味しいな」

父が言う。

「うん、美味しい」

母が応じた。

「腕を上げたでしょ」

「上げたね。年々美味しくなる」

「よかった」

寿莉は黙っている。もちろん美味しいと思っているけど、口に出して言うのはなんとなくためらいを感じた。いつもそうだ。

父さんと母さんの仲がいいのは、たぶんこうしていつも気持ちを言葉にしているからかもしれない。喧嘩《けんか》しているときでさえ、相手の眼を見て言葉を交わしている。寿莉は子供の頃からそうした両親の姿を見ている。できれば自分もそうしたかった。できることなら。チキンはとても美味しい。詰め物も美味しい。炭酸水も悪くない。でもできれば少し味のある飲み物がよかったかも。そんなことを屈託なく言いたい。家族なんだから気軽に話せばいいのに。いや、家族だから話せない。自分でも説明できないぐちゃぐちゃした感情が、気持ちを露《あらわ》にすることを妨げる。

「寿莉の勉強はどこまで行ったんだっけ？　もうケーキは作ったのか」

永治に質問されても、

「あ、うん」

ぶっきらぼうに答えて、そして自分の言葉足らずが気になってしまう。

「……あの、スポンジを焼いたり、メレンゲを作ったりとか、してる」

付け加えた言葉も、我ながら無愛想だ。

「寿莉と同じ班に変わったひとがいるんだって」

加勢するように菜津が言った。

「理系の大学を卒業して製菓学校に入ってきたんだって」

「へえ、理系の？　何学部？」

「えっと、何だったたっけ？」

母に問われ、

「たしか、物理工学科だって言ってた」

と答える。

「物理工学？　すごいな。でも、どうしてそんなひとが菓子作りの学校に入ってきたんだ？」

「デパートで見かけた和菓子に衝撃を受けて、こんな菓子を作ってみたいって。大学院に行くのをやめて、こっちに来たって言ってた」

「すごいな。百八十度転換どころの話じゃない。まったく違う道に進む気になったのか」

「大学院に行こうとしてたってことは、結構勉強もできたんでしょうね？」

菜津の問いに寿莉は頷く。

「うん、すごく頭のいいひとだと思う。言葉の端々に頭の良さが滲《にじ》み出てる感じ」

「それって厭みってこと？」

「ううん、全然。すごく丁寧に話してくれるし、偉そうな態度は全然見せないよ」

寿莉は弁護するように言った。

「河合さんってね、なんて言うか、誰に対しても率直なの。目上とか目下とか他人とか年齢差とか、そんなことは全然気にしないで接してくるから、逆にちょっとそれはどうかなって思うくらい。ときどきへんてこなことを言ってみんなをびっくりさせるけど、いやな気持ちには絶対にさせないしね。ものすごく真面目で熱心で、一生懸命に勉強してる。感化されてこっちも頑張らなきゃって気持ちになるの」

「へえ」

永治が感心したように、

「すごいな」

「うん、河合さんはすごいよ」

「いや、その河合さんもたしかにすごいけど、おまえもすごいな」

「え？」

「寿莉が誰かのことをこんなに熱心に話すの、初めて聞いた気がする」

「え……あ、でも、いや、違うから」

寿莉は動揺する。

「そんなんじゃないから。誤解、しないでよ」

「しないよ。でも」

永治は言った。

「いい仲間がいて、いいな」

「あ、うん」

思わず頷いた。

4

翌日の学校での涼太は、特に変わったところがなかった。栄養学の授業でも調理理論の授業でも、黙って講師の話を聞いてメモを取っている。

授業後、精一杯の勇気を振り絞って尋ねてみた。

「どう、なったんですか」

「え？　何がですか」

「ほら、和菓子コンテストにエントリーするとかって件」

「ああ、あれですか」

すこぶる軽い口調だったので、続く言葉は「諦めました」「やっぱり無理でしたよ」となると思った。

「応募できました」

「あ、やっぱり」

頷いてから、自分の耳を疑った。

「え？　今、なんて言いました？」

「応募できました」

涼太は繰り返す。

「できたって――」

言葉の意味を訊こうとする前に、

「できたの？　ほんとに？」

突っ込んできたのは朱音だった。

「どうやって？　ねえどうやって応募できたの？」

「応募用紙に必要事項を書いて菓喜会宛に送ればいいです。それだけのことです」

「それだけのことって」

さすがの朱音も戸惑っているようだった。代わりに爽菓が尋ねた。

「応募したのはいいけど、受理されるかどうかわからないんじゃないの？」

「書式は間違っていないので、受理に問題はないと思います」

「書式じゃなく、昨日言ってたでしょ。専門学校の生徒はエントリーできないんじゃないかって。そっちのほうはどうなったの？」

「ああ、それなら問題ありません」

涼太はあっさりと言った。

「菓喜会の事務局に問い合わせてみたら、専門学校生でも応募はできると教えてくれましたから」

「ほんとなの？　ほんとにいいの？」

「禁止する規定はないそうです。過去にも一回だけ、製菓学校の生徒がエントリーしてきた例があるそうですし」

「河合さんみたいに度胸のあるひとが過去にもいたわけですね」

陶子が感心したように言う。爽菓が、

「少年野球の選手がプロのトライアウトを受けるような」

と譬《たと》えると、

「それって、すごいこと？」

野球のことを知らないらしい朱音が尋ねる。

「すごいというより、無謀」

爽菓の簡潔な説明に寿莉も納得した。

しかし「無謀」と言われた涼太は平然としている。

「春夏秋冬の菓子と自由課題。早速アイディアを考えようと思います」

「締め切りって、いつだっけ？」

朱音が訊くと、

「コンテストは十一月十五日です」

またもあっさりと答えた。

「十一月十五日って、あと一ヶ月じゃない。本当に大丈夫？」

「やってみます」

自分に言い聞かせるように、涼太は言った。

そのとき、

「あの」

声がかかった。振り向くと同じ教室の生徒がひとり立っていた。

「何でしょうか川島さん」

涼太に訊き返され、彼女――川島郁美《いくみ》は彼の眼をじっと見つめて、

「本気で和菓子コンテストに出るつもりですか」

どうやら話を聞いていたらしい。

「そうです。出ます」

その返答を聞いて、彼女の表情が険しくなる。

「河合さん、本当に今の実力でコンテストに出ていいと思ってるんですか。わたしたちの腕前なんて、実際に店で働いている先輩たちに比べたら赤ちゃんみたいなものですよ。そんな人間が出るなんて、他のひとたちに失礼です」

「失礼でしょうか」

涼太は首を傾げた。

「川島さんは、どうして僕の応募が失礼だと思うのですか」

「だって、コンテストってそんなに甘いものじゃないでしょ。なのに出ようとするなんて、なめてる証拠じゃないですか」

郁美の声が尖ってくる。かなり怒っているようだ。

しかし涼太の表情は変わらない。

「僕はコンテストのことを甘く見ていません。なめてもいません」

「じゃあどうして出るんです?」

「出たいからです。自分の作った菓子がどんな評価を得られるか確かめたい」

「評価されるわけないじゃないですか。まだ全然上手くできないのに。そんなの出しても菓喜会のひとたちが迷惑なだけです」

「どうして迷惑なのでしょうか」

「だから……」

苛立ちが極まったのか、それともどう説明したらいいのかわからなくなったのか、郁美の言葉が途切れる。

「……だから、無駄な審査をさせられるわけでしょ。それが迷惑だって言ってるんです」

「僕の作品を審査することが、それほどの労力を要することだとも思えません。論外なものだったらすぐに除外されるでしょうし、もしも見込みがあるなら他の作品と一緒に審査してもらえるでしょう。審査員の方々を過度に煩わせることにはならないと思いますが」

「そういうことじゃなくて」

郁美はもどかしそうに、

「なんて言うか……おこがましい？　そう、おこがましいと思わないんですか。まだ勉強中なのにコンテストに出るなんて」

「おこがましい……厚かましい、ずうずうしい、生意気。そういうことでしょうか」

「ええ、そうです」

「なぜ、そう思うのですか」

「だから……って、こっちが訊いてるんですけど」

「僕は自分がエントリーすることを『おこがましい』とは思いません。なぜなら規定違反ではないからです。応募を認めてもらえるからエントリーする。あとは結果次第です」

「さんざん酷評されるかもしれないでしょ。恥ずかしくないんですか」

「恥ずかしい？　恥ずかしい、か……そういう感覚もないですね。川島さんは自分の作った菓子を見られたり食べられたりすることが恥ずかしいのですか」

「もちろん。まだ人前に出せるレベルのものは作れませんから」

郁美が当然ではないかというように言うと、

「人前に出せるレベルですか。それってでも、どうやって判断するのでしょうか。人前に出してみないと、そのレベルに達しているかどうかも判定できないと思うのですが」

「それは……」

また郁美の言葉が詰まる。

「ちょっといいかな」

爽菓が言った。

「川島さん、あなた最初は失礼だと言って、次は迷惑だと言い、そしておこがましいと言って、今度は恥ずかしくないのかと言ったよね。論点がどんどんずれてるんだけど。なんだか河合さんに言いがかりを付けてるみたい」

「言いがかりだなんて……そんな」

郁美が心外といった顔付きで口籠もる。

「とにかく河合さんのコンテスト出場を非難するために理屈を付けようとしてるとしか見えませんね」

陶子に言われ、郁美の表情がさらに強張った。

「川島さんってさあ」

朱音が追い打ちをかける。

「河合さんがコンテストに出るのが妬《ねた》ましいんだよね？　自分にそんな度胸がないもんだから」

「……ひどいこと言うのね」

郁美は朱音を睨みつける。そしてもう一度涼太を睨み、何か言いたげな表情を見せた。が、結局そのまま去っていった。

「なんなんでしょうね、あれ」

陶子が呆れたように、

「あのひと、何がしたかったのかしら？」

「よほど河合さんのことが気に入らなかったみたいね」

爽菓も苦笑する。

「他人が何しようと、関係ないのに」

「そう思わない人間も、たまにいるよね」

と、朱音。

「でも……」

寿莉は言った。

「なんとなく、わかる気がする」

「どういうこと？」

朱音に訊かれ、

「あ、でも、想像だから」

と、言い訳した。

「想像でもいいから。どういうこと？」

爽菓にも促され、寿莉はおずおずと言った。

「朱音が言ったとおり、なんだと思う。妬ましい、ううん、羨《うらや》ましい。河合さんみたいに行動できることが羨ましいのかもしれない。本当は川島さんも、やってみたいんじゃないかな」

「だったら、やってみればいいと思うんですが」

涼太が首を傾げる。

「どうしてやらないんでしょうか」

「できないんです。みんなが河合さんみたいじゃないから」

「僕みたいじゃないって？」

「思ったことをすぐに行動できる。そういうひとばかりじゃないんですよ」

そう言ってから、自分でも驚いた。こんなにはっきり言ってしまうなんて。

「……ごめんなさい」

「どうして謝るんですか」

「だって……」

「河合さん、あんまり追及しないであげて」

爽菓が遮った。

「とにかく、わたしたちは河合さんを応援しましょ」

「そうね。わたしたちの代表として」

陶子が言うと、

「ありがとうございます。でも僕は皆さんの代表ではありませんよ。僕は僕です。皆さんが皆さんであるように」

思わぬ反論に陶子は少し驚いたような顔をして、それからすぐに微笑んだ。

「たしかにね。河合さんは河合さん。わたしはわたし。わたしがやりたいことをする。今の言葉で踏ん切りがついたわ」

「踏ん切りって？」

爽菓が問うと、彼女は答えた。

「わたしもコンテストに出る」

「え」

「え？」

「ええ？」

涼太を除く三人が一斉に声をあげた。代表して爽菓が尋ねる。

「和菓子コンテストに？」

「違う違う。ジャパン・スイーツ・コンテスト」

その名は寿莉も知っていた。日本でも有数の洋菓子の競技会だ。ケーキやチョコレートなどいくつもの部門に分かれていて、毎年開かれている。

「もちろんわたしは学校《エコール》部門に応募する。じつはこの学校に入るときに目標にしてたの。でもいざ入学していろいろ勉強しはじめたら、逆に怖くなってしまって。わたしの技術で応募しても駄目かなって。だけど河合さんに教えられたわ。思い立ったら、やらなきゃってね」

「すごい！　頑張って」

爽菓が陶子の手を握った。

「あなたのことも応援するわ」

「ありがとう。精一杯やってみる」

「僕も応援します」

涼太が言った。

「といっても、応援って何をしたらいいのか、わからないですけど」

「試作品のチェックや試食。それから行き詰まったときの励まし。気晴らしの付き合い。やれることはいろいろあるよ」

爽菓は涼太に言い、それから朱音と寿莉に、

「陶子のことも河合さんのことも、わたしたちが全面的にバックアップする。いい

よね？」

「もちろん」

朱音が即答する。

「はい」

寿莉も頷いた。頬が紅潮するのを感じた。

5

家を建てたとき、五歳の寿莉に母は分厚い壁紙のカタログを見せた。そして「自分のお部屋に貼るの、どれでも好きなのを選んでいいよ」と言った。なので淡いピンクの花柄を選んだ。あの頃はピンクが好きだったのだ。今でも嫌いではない。でも十五年近く経つと大きなコスモスが一面にあしらわれた壁は、いささか恥ずかしい気もする。

寿莉はベッドの上で体育座りして、その壁を見つめている。せめて絵でも飾ろうか、と心の隅で思っていた。どんな絵がいいのか思いつかないけど。

家に帰ってきてひとりになると、何とも言えない寂しさと焦燥感に襲われた。壁と向き合ったまま、彼女は自分の感情を持て余していた。

河合さんはすごい。陶子もすごい。自分で目的を見つけて邁進《まいしん》しようとしている。本当にすごい。

わたしは？

今は学校の授業についていくのに一生懸命だ。新しい知識を得て、今までできなかったことができるようになるのは楽しいが、まわりから取り残されないように頑張るので精一杯。先のことなんて考える余裕もなかった。

でも、今日の涼太と陶子のことで、あらためて気が付いた。わたし、この先のことを何も考えてない。

製菓学校に通っているのだから、卒業後はそっち方面に進むことになるだろう。そのつもりで入学したのだし。だけど、具体的にどんなことをしたいのか、考えていなかった。ケーキ屋？　和菓子屋？　パン屋？　自分は何になりたいのだろう。

そもそも、どうして製菓学校に入ろうなんて思ったのだろう。高校の進路相談のとき、先生に向かって自分が将来どうしたいのか話すことができなかった。大学生になるのも悪くないけど受験勉強が嫌い。まだどんな仕事が向いているのかわからないから就職はしたくない。そんなことを考えて逡巡しているうちに、なんとなく専門学校へ、という道筋を与えられ、そちらに進むことにした。主体性のない話だ。

でも、どうしてそれが製菓学校になったのか。いくつかあった候補の中で、それを選んだのはなぜなのか。

——寿莉ちゃんは、お菓子を作るのが上手だねえ。

やっぱりこれだ。お祖母ちゃんの声。とても優しかった。あれは小学校五年のとき、まだ元気だったお祖母ちゃんにホットケーキを作ってあげた。パッケージに書いてある作りかたどおりにしただけ。まだ火を使うことになれなくておっかなびっくりフライパンを使い、半分焦がしてしまった。でもお祖母ちゃんは喜んでくれた。初めて誰かに褒めてもらえた記憶。それが製菓学校への道を選ばせた。ただ、それだけ。幼稚園の頃から将来の夢はケーキ屋さんだった朱音や、中学のときにテレビで観たパティシエに憧れて進路を決めた陶子、名前に「菓」の字が入っていることを運命として受け入れた爽菓とは心構えからして違う。もしかしたらA班で自分だけ浮いてる存在なのかもしれない。

わたしは、どうしたいんだろう……。

考えていると、どんどん暗いほうへ沈み込んでしまいそうだった。寿莉は壁を見つめ、呟いた。

「壁紙、変えてもらおうかな……」

変える。その言葉が頭の中に反響した。

──遠野さん、本当に自分がつまらない人間だと思うのなら、視点を変えるべきです。

涼太の言葉が甦る。視点を変える、か。

──もしかしたら遠野さんは誰か特定のひとを基準にして自分を比較してませんか。

特定のひと、というのは少し違う。寿莉がいつも自分と比較しているのは、小説やドラマや漫画やアニメの中に出てくるキャラクターたちだ。信念を持って目的に突き進む彼らに憧れていた。でも、あんなふうにはなれないともわかっていた。自分にはそんな信念も勇気もない。ただ、立ち止まっているだけ。

――変えるべきです。

また、涼太が言う。わかってる。変わらなきゃいけない。でも、どうやって？

考えは堂々巡りするばかりで、どこにも行き着けなかった。

6

「あ」

「あ」

お互い、思わず声が出た。

朝の通学、いつもの各駅停車の車両に乗り込んだ途端、眼が合ったのだ。

「川島、さん」

「……おはよう」

ぼそっと郁美が挨拶した。

「あ……おはよう」

寿莉も挨拶を返す。行きがかり上、そのまま彼女の隣の吊革に摑まった。

電車が動き出す。どうしよう、気まずい。今更他の車両に移動したら、嫌っていると思われてしまうかもしれない。結局郁美と並んだまま流れている窓の外の景色を見ているしかなかった。

「……いつも、この車両？」

不意に郁美が訊いてきた。

「あ、うん」

短く答える。

「わたし、いつも隣の車両。でも今朝は変なひとが乗ってたから」

言い訳するように、郁美が言う。そう言われたら訊かないわけにいかない。

「変なひとって？　痴漢？」

「違うと思う。でも座席ふたり分も占領して、鼻唄歌ってる。酒臭い」

「朝から？」

「うん」

「それは、ひどいね」

「うん、ひどい」

なんとなく会話が成立した。ほっとするような気恥ずかしいような、妙な気分だ。

それからまた、しばらく沈黙が続く。それを破ったのは、また郁美のほうだった。

「A班ってさ」

「うん」

「仲、いいよね」

意外な言葉だった。

「そう、かな?」

「そうだよ。いつも一緒にいるし、話してるし。うちのC班なんて、全然そういうのないから」

「そうかあ。入学してからずっとあんな感じだから、あんまり意識してなかったけど」

「うらやましい」

「え?」

「昨日、わたしが河合さんにからんだとき、みんなで対抗してきたでしょ。ちょっとびっくりした。そんでもって、うらやましくなった。あんなふうに団結するなんてすごいなって。なんかわたし、一方的に悪者になっちゃった」

少し笑みを見せている。厭みで言っているのではないようだった。

「……あのとき」

今度は寿莉が言った。

「あのとき、どうして河合さんに、あんなふうに突っかかってきたの?」

「それは――」

と言いかけて、言葉を切る。言葉を吟味しているかのように口許を引き締め、

「覚悟が違うと思ったから」

「覚悟？」

重ねて尋ねると、郁美は話しはじめた。

「わたしが小さい頃、家の近所に美味しいお饅頭屋さんがあって、そこのお饅頭が大好きだったの。皮が真っ白でふわっとしてて、中に粒餡がたっぷり入ってて。毎日のようにお母さんにねだって買ってもらってた。おじいさんとおばあさんがふたりきりで切り盛りしてた小さなお店だった。お饅頭を買ってもらえなくても毎日お店に行ってたから、わたしの顔も覚えてくれて、かわいがってくれた。でも、わたしが小学校に入学したとき、そのお店が潰れたの」

ふっ、と郁美が息をつく。

「お饅頭を作ってたおじいさんが病気になって、もう続けられなくなったんだって言っていた。閉店の日にわたし、そのお店に行ってね、やめないでってお願いしたの。おばあさん泣きそうな顔をして『ごめんな。ごめんな』って言ってた。『もうじいちゃん、お饅頭を作れんの』って。でもわたし、どうしても納得できなかったの。あのお饅頭が食べられなくなるなんて我慢できなかった。だから言ったの。だったら、わたしに作りかたを教えてって。わたしがお饅頭を作ってお店をやるって」

「小学生のときに、お店を継ぐって言ったの？」

「『ありがたいけど、今のあんたには無理だねえ』って言われた。わかってたよ。さすがに子供でも、無理なことくらいわかってた。でもね、そう言いたかったの。あのお饅頭、なくなってほしくなかったから。そしたらしばらくして、お饅頭屋のおばあさんが家に来て、わたしにノートを渡してくれたの。『じいちゃんが、これをあんたに渡してくれって言ってな』って。お饅頭の作りかたが書いてあった。わたしの好きな白いのだけじゃなくて、お店で作ってたお饅頭全部のレシピ。病院のベッドでおじいさんが一生懸命書いてくれたんだって。わたしのために。いつかわたしが菓子を作れるようになったら役立ててほしいって。手が動かなくなる寸前まで、このノートを書いてくれてたんだって」

言葉を噛みしめるように、郁美は言った。

「おじいさんはそれからすぐに亡くなったの。だからせめて、おばあさんにはわたしが作ったお饅頭を食べてほしいと思って、もらったレシピでお饅頭を作ろうとしたの。でもうまくできなかった。何度かトライしたけど、おじいさんが作ったようにはできなかった。結局お饅頭を食べてもらえないまま、おばあさんも一昨年に亡くなってしまった。もっと早く、ちゃんと作れるようになってればって何度も悔やんだの。だからしっかり勉強して、それからおじいさんのお饅頭を作ろうって決めた。そしていつか、あのお店のお饅頭を作って売る店を作りたい。わたしが製菓学校に入ったのは、そういう理由なの。本当に美味しいお菓子をちゃんと作れるようになるため。中途半端じゃいけない。おじいさんとおばあさんに恥ずかしくないようなお菓子を作らないといけないの。そういう覚悟」

そういうことか、と寿莉は得心した。

「川島さんには河合さんのことが、中途半端に見えたの？」

「そうね。まだ上達もしてないのにコンテストに出るなんて、すごくいいかげんに思えた。なんだか腹が立ってきた。そんな感じ」

「でもそれは……」

言いかけて、口籠《くちご》もる。

「それは？　何？　はっきり言っていいわよ」

郁美に問い詰められ、寿莉は言葉を選びながら、

「その、河合さんは、中途半端な気持ちでコンテストに出ようとしてるわけじゃない、と思う。あのひとは……」

「あのひとは？」

「……河合さんは、今の自分がどんななのか知りたくてコンテストに出るの。下手だとしてもどれくらい下手なのか。プロとの差はどれくらいあるのか。そういうことを知りたいんだと思う」

「そんなの、確かめるまでもないでしょ。だってまだ初心者レベルなんだから」

「初心者……そうかもしれないけど、でも、じゃあ、いつになったら初心者でなくなるのかしら？」

「そりゃあ、学校を卒業して和菓子屋に就職して修業して一人前になったらよ」

「それまでは初心者？　そうかな……」

「違うというの？」

「違わないかもしれない。でも、違うかもしれない」

寿莉の物言いに郁美は眉をひそめる。

「訳のわからないこと言うね」

「ごめんなさい。でも、正直な気持ち。初心者と一人前の間はないのかなって。その間にいるひとは、自分のことをどう考えたらいいんだろう？」

「半人前で、いいんじゃない？」

郁美はあっさりと言う。しかし寿莉は納得できなかった。

「言葉じゃないの。そのひとの気持ち。一人前にはまだなれないけど、なんとかなろうとしてる。そういうひとが、自分がどんな人間なのか知りたくて確かめようとする。そういうことが、あってもいいんじゃないかなって」

自分でも不思議だった。どうしてわたし、こんなに話しているのだろう。どうしてこんなことを言いたいのだろう。

「川島さん、お饅頭を作ってもよかったと思う」

「は？」

「おばあさんに、お饅頭を作って持っていってもよかったんじゃないかなって思うの。下手くそでも何でも、そのときに川島さんが作れる精一杯のものを」

さすがに言いすぎた、と思った。ほら、川島さんの顔色が変わっている。

「……ごめん」

郁美は涼太に食ってかかったときのような目付きになって、

「残酷なこと言うのね」

「……ごめんなさい」

「今更、今更お饅頭作ってあげればよかったなんて言われたって、もう無理じゃない。時間は戻せないんだよ！」

その声に、周囲のひとがびっくりしてこちらに眼を向ける。

「……ごめんなさい」

寿莉は繰り返す。

「謝らないで。謝るくらいなら言わないで」

郁美がトーンを下げた。そしてぽつりと、

「わかってたわよ」

と言った。

「何度も後悔したもの。おばあさんが元気なうちにお饅頭を作って持っていけばよかったって。でも自信がなかった。本当はね、食べてもらうつもりで作ったこともあったの。でも結局持っていけなかった。怖かったの。『こんなのじいちゃんの饅頭じゃない』って言われるのが怖かった。そうやってうじうじしてるうちに、おばあさんも亡くなってしまって。わたしがもっと早くお饅頭を作れるようになってればよかった。もっと一生懸命練習しておけばよかったって、何度も思ったの」

郁美の声が潤《うる》んでいるように聞こえた。

「後悔って、どうして後になって辛くなるんだろうね」

先程のきつい表情は、もうない。微笑んでいるような泣いているような横顔を、寿莉は見つめた。何か言わなければならない気がした。だから、言った。

「川島さんも、コンテストに出たら？」

「はあ？」

怪訝そうな顔で、こちらを見返してくる。

「あんた、何言ってるの？」

怯《ひる》みそうになる。が、なんとか堪えて言葉を返そうとする。

「……だから、今の川島さんができる精一杯のお菓子を作ってみるの。川島さんの後悔はなくせないかもしれないけど、少しでも小さくすることができると思う」

「どうしてそんな……」

否定の言葉が、途切れる。

「……そんなの、恥をかくだけじゃない」

「恥じゃないと思う。できるかぎりのことをすれば、恥ずかしいことじゃないから。恥ずかしいのは、できるのにやらないことだから」

「そんなの、他人事《ひとごと》だと思って好き勝手に――」

「他人事じゃない。だって」

そのとき寿莉の口から、自分で思ってもみなかった言葉が飛び出た。

「だって、わたしも出るから、コンテスト」

「……あんた、何言ってるの？」

「わたしも出る。だから他人事じゃないの」

「無茶だわ。そんなことできるわけが――」

「できるよ。何を言われたってかまわない。わたし、やる。だから、川島さんもやろうよ」

自分でも不思議なくらい、臆せずに相手の眼を見た。逆に郁美のほうが視線を逸らす。

いつもの駅に到着した。

「わたし、本気だから」

そう言って、寿莉はホームに出た。改札を出てタジマモリ製菓専門学校へと向かい歩きだす。郁美も後から歩いてきた。学校に着くまで、彼女は寿莉と並ばなかった。

7

「ほー」

それが爽菓の感想だった。

「『売り言葉に買い言葉』って、そういうときのことを言うのかしらね」

陶子が半分笑いながら言う。

「寿莉ってさあ」

朱音も言った。

「意外と向こう見ずだね」

「……わたしも、そう思う」

呟くように言って、寿莉は手で顔を覆った。

「あーっ、なんであんなこと言っちゃったんだろ。わけわかんない！」

「言っちゃったものはしかたないわね。頑張りなさいな」

爽菓が寿莉の肩を勢いよく叩く。

「痛っ！　無茶言わないでよ」

「無茶を承知で言ったんでしょ？　やってみたら？」

「そんなあ……」

逡巡する寿莉に、陶子が言った。

「本当は、やりたかったんでしょ？　だから咄嗟《とっさ》に『コンテストに出る』なんて言った。違う？」

「それは……自分でも、よくわからない」

寿莉は正直に言った。

「河合さんや陶子がコンテストに出るって言ったとき、正直うらやましかった。自分もそういうのができればなあって、ちょっとは思ったよ。でも、本気で出るつもりなんて……」

「そういう内心の願望が表に出たわけね。いいんじゃない、そういうの」

爽菓がけしかける。

「殻を破るいい機会だと思うよ」

「でも……」

まだ踏ん切りのつかない寿莉に、朱音が言った。

「武士に二言はない。でしょ？」

「わたし、武士じゃ――」

言い返そうとした寿莉が、固まる。

「おはようございます。何かあったんですか」

教室に入ってきた涼太が、場の雰囲気に気付いたのか訊いてきた。

「それがねえ——」

「待って！」

話そうとする爽菓を寿莉は押しとどめた。しかし、

「寿莉も和菓子コンテストにエントリーするんですって」

陶子が言ってしまった。

わ、わわわ。寿莉は文字どおり、穴があったら入りたい心境だった。どうしよう、何を言われるだろう。笑われたりしたら……。

「あ、そうですか」

しかし涼太は天気のことでも言われたかのような平穏さで言葉を返した。そして萎縮している寿莉の前に立つと、

「エントリーの仕方とかは僕がわかってるんで、もしもわからないことがあったら訊いてください」

とだけ言って、自分の定席に着いた。

「親切だねえ、河合さんは」

朱音が言った。

「いいなあ寿莉は。一緒にやれるんだから」

「だったら朱音も——」

「そこまで」

言いかけた陶子を、彼女は押しとどめた。

「わたし、エントリーするなんて言ってないから。絶対に言ってない」

「わかったわかった」

陶子も爽菓も笑う。寿莉も少し笑いかけた。しかし自分の立場に気付いて、その笑みを引っ込める。

「しかしこれで川島さんが出ないんだったら、寿莉の独り相撲になるね」

朱音が話題を変える。

「そのときは……」

そのときは自分も出なくていいんじゃないか、と寿莉は言いそうになる。ちょっとずるい気がして途中でやめたが、もしも川島さんがエントリーしないのなら、知らん顔してわたしもやめちゃっても――。

「川島さんのことなら」

席に着いた涼太が言った。

「さっきエントリーの仕方を教えました。すぐに申し込むそうです」

「え」

思わず寿莉は声を洩らす。

「……川島さん、出るの？」

「そう言ってましたよ。『あの子に挑戦状を叩きつけられたから』って。『あの子』

というのは、遠野さんのことだったんですね」

「あちゃ……」

寿莉は額に手を当てた。折よくというか折悪しくというか、そのとき郁美が教室に入ってきた。室内を見回して寿莉を見つけると、つかつかと近付いてくる。寿莉は思わず身構えた。

「『恥ずかしいのは、できるのにやらないことだから』」

彼女は寿莉の先程の言葉を繰り返した。そして、

「わかった。やってやるわ。勝負よ」

「……」

「返事は？」

「……はい……よろしくお願いします」

背後で小さな拍手が聞こえた。朱音だった。それに爽菓と陶子が和した。

ああ、と寿莉は内心で大きな溜息をついた。

8

それからの日々、寿莉は空いている時間すべてをコンテストの菓子作りに向けた。

まずは課題の菓子のコンセプトをまとめるところから。春夏秋冬をテーマにし

て、それぞれ違う製法でひとつずつ。そして残るひとつは自由な発想で作らねばならない。春夏秋冬はやはり植物で表現するのが一番わかりやすいだろうか。春は桜、夏は向日葵《ひまわり》、秋は紅葉《もみじ》、冬は椿。でも、ありきたりかなあ。春と言われて桜しか思いつかないようでは発想貧困と思われるだろうか。それに同じものを作ってくるひとも、きっと多いだろう。そうなったら比較されてしまう。いや、そもそも比較されて審査されるものなのだけど。

考えが右往左往して、まとまらない。思いきって母親に尋ねてみた。

「四季ねえ。たしかに花とかならわかりやすいかな」

「でも、もっと個性的なのを考えたいの。他のひとと被らないような」

「そうねえ……だったら魚は？　春は鰆《さわら》、夏は鱧《はも》、秋は秋刀魚《さんま》で冬は鮟鱇《あんこう》。季節感あるよ」

「それをどうやって和菓子にするのよ？」

「鰆は西京焼きで鱧は湯引きを梅肉和えにして、秋刀魚は塩焼き、鮟鱇は鍋。それを和菓子で作ってみれば？」

「そんな無茶な。そんなのできるほどの技術はないし、できたとしても和菓子として美味しそうに見えないよ」

「そうかなあ。受けると思うけど」

やっぱり母に相談したのは間違っていたようだ、と寿莉は落胆する。

「でもさ、奇をてらわないのなら定番でいくしかないんじゃない？　桜に向日葵に紅葉に椿。それができれば相当のものじゃない？」

「そうだけど……」

「みんなが同じ題材で作ったって、同じものができるわけじゃないでしょ。寿莉の思うとおりにやれば、いいと思うけどな」

「そうかなあ……」

寿莉は完全には納得できないまま、その話題を引っ込めた。入浴後に自分の部屋に戻ってからも、考えつづけた。

自分は悲しいくらいに腕前が足りない。それはわかっている。そんな人間がコンテストに作品を出そうというのだ。珍しいとか変わったとか、そんなものを作る余裕などない。

ならば、王道でいくしかない。

カラーボックスから和菓子の写真集を取り出す。今まであえて開かなかった。真似《まね》てしまうのが嫌だったからだ。しかし今は踏ん切りが付いた。

この本には四季折々の和菓子の写真が収録されている。春なら桜の他に桃、梅、鶯《うぐいす》、菜の花、水仙といったものが和菓子で表現されていた。どれも繊細な作りだ。きれいだけど、自分で作れる自信がない。

いや、自信がないというのならコンテストに出品すること自体、自信などかけらもないことだ。それを敢えてやろうというのだ。無茶は承知でやってみるしかない。

自らを奮い立たせながらページをめくる。と、一枚の写真に眼が留まった。ピンクと緑と黄色がグラデーションになった練切で白餡を風呂敷のように四方から包み込んだ形のものだ。形がシンプルだし、色合いも美しい。ピンクが桜を、黄色が菜の花を、緑が若葉を感じさせ、季節感もある。

これだな、と思った。そうか、繊細な形を作らなくても季節感は出せる。

続いて夏。紫陽花、朝顔、枇杷《びわ》といった季節の植物を練切で表現したものが多いが、その中に普通の水羊羹があった。

――水羊羹というのは、ぶっちゃけて言うと水分の多い羊羹です。

胡桃沢が授業で話したことを思い出す。

――でも水増ししたわけではない。水分が多い分、味がぼけないようにすることが必要です。

たしかに練り羊羹に比べると味は薄い。でも夏っぽくていいかもしれない。たとえば白餡にして食紅で青く染めてみるのはどうだろう。清涼感が出るかもしれない。

次は秋。栗、柿、松茸、そして紅葉。モチーフはいくつかある。その中で寿莉が注目したのは栗饅頭だった。栗を入れた餡を饅頭皮に包んで、オーブンで焼く。皮の表面に卵黄を塗れば、栗の皮のような色合いになるようだ。

そして冬。やはり白い餅がいいだろう。それを雪だるまのような形にすれば季節感が出る。

これでとりあえず四季の菓子は方向性が見えてきた。実際に作ることができるかどうかはともかく、やってみるしかない。

後は自由課題だが、それはまた後で考えよう。

ふと気付くと午前二時を過ぎていた。まずい、寝なければ。

ベッドに入り、明かりを消して眼を閉じる。でも頭を使ったせいか、すぐには眠れそうになかった。

冴えた頭で思う。河合さんは何を作るのだろう。川島さんは何を作るのだろう。自分は、あのひとたちと並べられるような和菓子を作ることができるのだろうか。

考えはじめると怖くなる。しかし頭の中から追い出そうとしても、消えてはくれなかった。

9

二週間後の土曜日、寿莉は朱音と爽菓と陶子を自分の家に招いた。

「まあまあいらっしゃい。いつも寿莉がお世話になっております」

菜津は来客に大はしゃぎして紅茶やらクッキーやらカステラやらを次から次へと持ってくる。

「それ、いいから。今日食べてもらうのは、それじゃないから」

寿莉が拒否すると菜津は寂しそうに、

「そう？　もし食べたかったら言ってね。このカステラ、とっても美味しいの」

「知ってる」

母親をダイニングキッチンから追い出すと、寿莉は溜息をついた。

「どこのお母さんも同じだね」

爽菓が笑う。

「うちの母さんも、友達連れてくると大騒ぎでジュースとかお菓子とかどんどん出してくる」

「うちも」

陶子が言った。

「妙にハイテンションになるときあるよね、親って」

「そういう生き物なのだよ」

朱音が訳知り顔で、

「それより寿莉、もしかして寝てない？」

「え？　ううん、寝てないことはないよ。さっきちょっとだけうとうとと」

「やっぱり徹夜か。眼が赤いもんね」

「そう？」

鏡を見に行きたくなったが、我慢した。今更眼の充血を抑えることもできない。

「それで、できたの？」

爽菓に訊かれ、寿莉は頷く。

「ちょっと待ってて」

キッチンからラップをかけたトレイを持ってくると、彼女たちが囲むテーブルに置いた。

「おお」

ラップを外すと、場がざわついた。

「これ、本当に寿莉が作ったの？」

「うん」

「すごいじゃない。頑張ったね」

爽菓の言葉に、寿莉は含羞みながら、

「何とか形にはなったけど……」

「これ、練切？　きれいな色ね」

「そう。本当はもっとほんのりぼかした色にしたかったんだけど……」

桜と菜の花と若葉をイメージしたのだが、色がはっきり分かれすぎて絵の具を垂らしたようにしか見えない。形もいささか歪《いびつ》だ。

「これは羊羹、かな？　何色？」

「本当は水色にしたかったの。でも白餡に青い食紅を混ぜたら、こんなになっちゃった」

半球形の水羊羹はどぎつい青色に染まっていた。

「色のほうは改善の余地があるね。この隣の黒いお饅頭は？」

「これ、栗饅頭。本当は黒くなる予定じゃなかったけど、焼きすぎちゃって」

「焼き加減の調整ができればいいんじゃない？　それからこっちの大福は瓢箪《ひょうたん》をかたどったの？」

「さっきまで雪だるまの形をしてたんだけど……」

「餅が軟らかすぎたのかな。でも、いいんじゃない。最初にしては」

「最初、じゃないの。これで四回目。昨日も一回作ったけど、全然駄目で。本当はこれもあんまり見せたくなかったんだけど……」

寿莉はそう言って身を縮めた。本当はこのまま消えてしまいたいくらいだ。

「すごいね」

言ったのは、陶子だった。

「何回も作り直せるなんて。わたし、一回駄目になったらそのままやめちゃうもの。立ち直るのに時間がかかっちゃって。すぐに再挑戦できるのって、すごいことよ」

「そう、かな……」

「そうそう」

朱音も同意する。

「寿莉ってさあ、結構才能あるね。努力する才能が」

「……ありがとう」

小さな声で、そう言った。それ以上何か言おうとすると、泣きそうだった。

「食べてみていい？」

「あ、うん。もう写真も撮ったし、食べちゃっていいよ」

「じゃ、いただきます」

「わたしも」

「わたしもいただくわ」

三人はそれぞれ菓子を手に取ると、一斉に口に運んだ。

「……」

「……」

「……いいね」

最初に感想を口にしたのは、爽菓だった。

「この練切、甘さがちょうどいいよ。ちょっと舌触りが気になるけど」

「羊羹は、羊羹の味がちゃんとするわね。歯触りがちょっと硬めだけど」

と、陶子が続けて評する。続けて朱音が、

「栗饅頭は甘みがちょうどいいね。皮がちょっと厚すぎるかなって気はするけど」

大福は寿莉自身が食べる。そして言った。

「やっぱり餅が軟らかすぎた。前に作ったときに硬すぎたから水をちょっと多くしたんだけど」

「試行錯誤。それしかないいね」

爽菓が言う。

「でもやっぱりすごいよ。自分のキッチンでこれだけの種類のお菓子を作っちゃうんだもの。手間が大変でしょ」

「それは、まあ。でも、みんな習ったことばかりだから」

「習って、それで自分でもできるようになるなんて、たいしたものだと思う」

陶子が言った。

「寿莉、あなた才能があるわ」

「え……そうか、な」

どんな顔をしたらいいのかわからない。ここで笑ったりしたら「ちょっと褒められたくらいで調子に乗ってその気になる子はいねえかあ？」とナマハゲが荒ぶるかもしれない、などと戸惑っていると、

「この羊羹だけど、青色に染めようとしたのは夏をイメージしたから？」

陶子の質問にもすぐに反応できなかった。

「え？　あ、ええ、そう、だけど……」

「その青って、何の色？」

「なんのって……空、かな。あと、海」

「定番ね。でもここは若者らしく青春の青にしてみたら？」

「青春……」

「空や海と、どう違うの？」

寿莉の代わりに尋ねたのは、朱音だった。

「気持ちよ。気持ち。若さで押し切る」

「つまり？」

「この青でいくの」

陶子は真っ青、というより群青色のような羊羹を指差した。

「へたに清々しい色合いにしたって、きっと他の応募者も同じような感じにしたものを出してくると思う。彼らとまともに戦っても勝ち目はない」

「まあ、そうだね」

「だったらインパクト重視で攻める。どう？」

陶子に問いかけられ、寿莉は言葉に詰まった。

「他のお菓子も同じ。下手に小ぎれいなものを作ろうなんて思わなくていい。思いきったものに挑戦してみたらどうかしら」

「それ、陶子が自分のコンテストで試そうと思ってること？」

爽菓が訊くと、

「まあね」

陶子は正直に同意した。

「インパクト重視……」

寿莉は言葉を繰り返す。

「それも、ありかな。どうせ勝てないなら、せめて爪痕くらい残して――」

「そういうのは駄目。負けるつもりで勝負しない」

即座に陶子が釘を刺す。

「参加するなら優勝を目指さなきゃ」

「強気ねえ」

爽菓が微笑む。

「でも、正しいと思う。寿莉、勝つつもりでやろう」

「……うん」

頷いたものの、寿莉には自信がなかった。優勝？　まさか。無理でしょ。

その後も三人からいろいろと意見が出た。それをすべてメモしておく。やはり自分ひとりで悩んでいるよりは、ずっと視野が広くなるし、打開策も見つけやすい。

優勝は無理にしても、少しくらいはいいものが作れそうな気がしてきた。

「ところで、たしかコンテストに提出する和菓子は五点だったよね。あとひとつは？」

爽菓に尋ねられ、寿莉は「うっ」と声を洩らす。

「もしかして、できてない？」

「……思いつかないの。自由課題」

「自由ってテーマが一番めんどくさいよね」

と朱音。

「何考えたらいいのかわからないもの」

「そう。そうなの。何にしたらいいのかわからない」

「そういうことなら、わたしたちでブレーンストーミングしましょうか」

陶子が提案する。朱音が首を捻って、

「ブレーン？　なにそれ？」

「みんなで自由に考えを述べあって検討して、アイディアを出す方法」

「お喋りすればいいの？　だったらいつもやってるのと同じじゃん。だったら……

あ、ひとつ思いついた。猫」

「猫？　どうして？」

「理由はないよ。猫が好きなだけ。でもさ、猫が丸くなってるような形の和菓子って、よくない？」

「ビジュアルとしては悪くないかもね。どう？」

陶子に尋ねられ、

「うん、悪くないと思う。でも猫の形って練切で作る？　だったら春の菓子と製法が被っちゃうけど」

「その縛りもあったわね。練切以外だと、蒸し菓子かなあ」

「薯蕷饅頭に耳と目鼻を付けるのは？　食紅で描き込むか焼き鏝《ごて》で描くかして」

爽菓が提案する。

「肉球どうかな肉球。白い蒸し菓子の表面にピンクの肉球ついてるの。かわいいよ」

「そういうお菓子、どこかの売店で売ってた気がする」

朱音の考えは爽菓に切り捨てられた。

「猫にするかどうかはともかく、自由課題は蒸し菓子で何か作ろうかな」

寿莉は考えをまとめるように言った。

「みんな、ありがとう。参考になった。感謝します」

「どういたしまして」

爽菓が返す。

「ところで、河合さんを呼ばなかったのは、やっぱりライバルに手の内を見せたくなかったから？」

「え？　ううん、そういうのじゃなくて……なんとなく」

「男を家に呼ぶのが、なんだかなあ、って？」

朱音が茶化す。

「そういうのでもないってば」

寿莉は笑って首を振った。

「じゃあ、どういうの？」

「あんまり責めないであげようよ」

陶子が朱音の追及をやんわりと遮る。そして寿莉に、

「時間はないけど、焦らずにいこう。そういうわたしだって切羽詰まってるのは同じだけどね」

「ありがとう。あの、もしわたしにできることがあったら、言ってね」

「そうする」

三人が帰った後、菜津がキッチンに戻ってきた。

「みんな素敵なお友達ね」

「あ、うん」

自分のことを褒められるより嬉しい気がした。母は続けて、

「でも残念だなあ。河合さん？　来てほしかったのに。どんな男性か見たかったなあ」

「なにそれ？」

「だって寿莉の男友達なんて会ったことないもの」

「そんなんじゃないってば」

少し邪険に言って、キッチンを出ていく。どうして親というのはこうもデリカシーがないのか、と心の中で愚痴をこぼしながら。

涼太を呼ばなかったのは、あんなふうに邪推されるのが嫌だったからだ。男友達とか、そんなのじゃ全然ないし。母さんが勝手にそんなつもりでいるなんて思われたら、いたたまれない気持ちになる。

全然、そんなのじゃないんだから。

明後日、学校に行ったら河合さんに変なふうに話が伝わっていないか確かめないと。別に嫌っているから家に呼ばなかったんじゃない。そのことだけはわかってもらわないと。

でも、誤解されていたらどうしよう。自分だけ除け者にされたと思ってたら。そうじゃないと説明しても、余計に話がこじれてしまうかもしれない。これはまずい。どうしよう。どうやって誤解を解いたらいいのか。

寿莉は自分の部屋の前で立ち止まった。ドアに手を突き、動けなくなる。これ、本当にやばいかも。

10

「一昨日、みんなで遠野さんの家に行ったそうですね」

顔を合わせるなり、涼太に言われた。

「あ……あの、えっと……はい」

取り乱しながら寿莉は答える。なんで僕を呼んでくれなかったんですか、とか、僕は除け者ですか、とか言われたらどう答えるべきか、考えようとしたが頭の中が混乱してしまって形にできない。

「その……ごめんなさい」

やっと出たのは謝罪の言葉だった。

「え？　どうして謝ってるんですか」

「それは、あの……河合さんだけ呼ばなかったのは、別に意味があるわけじゃなくて……その……」

「僕を呼ばなかった？　そうですね。僕は呼ばれなかった。でもどうしてそのことで謝るんでしょうか」

厭みで言っているのではない、とわかってはいる。どうやら彼には、そういう感覚はないようだった。しかしそれがよけいに胸にぐさぐさと来る。

「それで、遠野さんは出品する課題菓子のアイディアはまとまったのですか」

「……あ、いえ、はい。全部、ではないですけど」

「そうですか。僕もいろいろ迷っています。やっぱり四季を表現するなら花がいいかなと思いながら、そういうのは在り来たりなんじゃないかと思い直したりして、結局決まりません。自由課題のほうは決まりました？」

「そっちも、まだ」

「僕も同じです。自由というのは結構シビアなものですね。テーマがなにもないというのは、テーマから自分で作らなきゃならないってことだから。自分の中に何もないと、どこから手を付けたらいいのかわからなくなる」

「河合さんも、そうなんですか」

「はい。五里霧中の状態です」

　意外だった。涼太は何でも明確に考えて結論を出せる人間だと思っていた。

「しかたないから、師匠の意見を訊こうと思います」

「師匠？　ああ、河合さんが和菓子の魅力に目覚めるきっかけになったっていうひとですか」

「そう、華房伊織さんです。あのひとなら何か打開のためのきっかけを教えてくれるかも……いや、教えてくれないかもしれない」

「どうして？」

「僕はまだ、あのひとの弟子ではないからです。認めてもらえてない。でも、それでもいい。あのひとのところに行って、あのひとが作る菓子を見るだけでも、何かを得られるかもしれないから」

「そんなにすごいひとなんですか」

「すごいひとです」

涼太が言葉を返した。どうやら彼は華房というひとに全幅の信頼を置いているようだった。

「……うらやましいな」

寿莉は言った。

「そういう、お手本にできるようなひとがいるのって、うらやましいです。わたしも、そのひとに会ってみたいな」

「会ってみますか」

何でもないことのように涼太が言う。

「遠野さんが望むのであれば、一緒に行きましょう」

「え？　いや、でもそれは……」

口をついて出た言葉に真面目に応答され、寿莉は戸惑う。

「次の土曜日、空いてます？　その日に行きませんか」

涼太は彼女の困惑など気にする様子もなく話を進める。

「あ、えっと……」

「どうですか」

「大丈夫、だと思いますけど……」

「よかった。じゃあ華房先生にも伝えておきます。待ち合わせの場所や時間については、また後で連絡します」

「は、はい。わかりまし、た」

寿莉がおずおずと頷くと、涼太は邪心のない笑顔を返して歩き去っていった。

寿莉は思わず周囲を見回す。朱音たちが今のやりとりを聞いていたら何を言われるか。幸いにも、誰もいなかった。やれやれ、と安堵《あんど》の息をつく。しかし教室の席に着いてしばらくしたとき、

「河合さんとデートするって？」

背後から声をかけられ、文字どおり飛び上がった。

朱音だった。じとっとした視線で寿莉を見ている。

「そ、そんな、デートだなんて。わたしはただ……」

「ただ？　噂の和菓子名人に紹介してもらって、あわよくば一緒に弟子入りしようって魂胆かな？」

「違うってば。ただ菓子作りの参考になるかなって……」

「たしかに河合さんはそう言ってたけどさ」

「言ってた？　まさか、河合さんから聞いたの？」

「そうだよ。爽菓や陶子にも話してた」

「あちゃあ……」

「なにがあちゃあだよ。抜け駆けは許さんぞ」

「だからそういうのじゃないってば。わたしは純粋に勉強のために行くの」

「わたしだって勉強したい」

朱音は駄々っ子のように言い、それからにこりとして、

「だから、わたしも行く」

「え？」

「陶子も爽菓も一緒に行くって。異存はないよね？」

「え？　ええ、もちろん。でも、そんなに大勢で行って大丈夫？　見学させてもらえるのかしら？」

「河合さんが頼んでみるって。次の土曜日はお天気いいみたいだし、絶好の集団デート日和だねえ」

「集団デートって、そういう気持ちで行くつもり？」

「いえいえ、しっかり勉強するつもりで参りますわよ」

朱音は笑顔で言った。寿莉は内心で溜息をつく。

ま、いいか。みんなで行くほうが気兼ねしなくて楽だし。うん、そのほうがいい。

そう自分に言い聞かせるのだった。

11

駅のホームに降り立つと、爽菓が周囲を見回して、

「趣のあるところだね」

と感想を述べた。ものは言いようだな、と寿莉は思った。屋根のないホームはところどころに雑草が伸びている。失礼ながら、駅員がいることが不思議な気がするくらいの寂れかただ。

そんな駅舎を出ると、真っ直ぐな一本道が続いている。その先には鳥居も見えた。どうやら由緒ある町らしい。

「この神社、前に雑誌で見たわ。縁結びの神様だって」

陶子が言った。

「縁結び？　それはそれはありがたい。後でお参りしようかね」

朱音がうきうきとした口調で言う。この小さな旅の間ずっと彼女は上機嫌だった。涼太の傍《そば》にいられたからかもしれない。

その気分は寿莉にも伝わっていた。穏やかに晴れた秋の空には雲ひとつない。ピクニックとかには絶好の日和だろう。

「こちらです」

涼太が先頭を切って歩きだす。後ろに四人がぞろぞろとついていった。

「駅から神社まで真っ直ぐに道が続いてるんだね。参道ってやつかな」

「昔から参拝者が結構いたみたいよ。道の両側にある家も古そうなのがあるし」

「お店もあるね。器とか皿とか売ってる」

「あっちの家も昔はお店だったんだろうね。そんな感じ」

「八百屋さんだ。珍しいな」

そんな会話をしながら、一同は道を進む。

ピーヒョロヒョロ、と声がした。寿莉が空を見上げると、大きな鳥が羽を広げて旋回していた。

その鳥が一軒の家の屋根に降下した。羽を畳み、なぜかこちらに眼を向ける。まるで自分たちを待っているようだ、と寿莉は思った。

先導していた涼太が、その家の前で立ち止まった。

「ここです」

おお、と四人の口から声が洩れる。

「なんか風情のある……」

「いかにも老舗って感じ」

「意外だった」

口々に感想を洩らす朱音たち。寿莉は屋根に止まったままの鳥を見ていた。

「あの鳶《とび》、僕が初めてこの店に来たときも、ああやって屋根に止まってました」

涼太が言った。

「トビって言うんですか、あの鳥。この店と何か関係があるんですか」

「さあ」

軽く首を傾げると、涼太は店のガラス戸を手で開けた。

「ごめんください」

彼が声をかけると、

「はあい」

女性の声が応じた。

「ああ、来たのね」

「はい、来ました」

「中に入って」

言われるまま涼太は家の中に入っていく。寿莉たちもおずおずとついていった。

「あ、お香の匂い」

爽菓が言う。たしかに、いい香りがした。

外見と同様、中もずいぶんと古びて見える。ガラスのショーケースも年代物らしい。中には和菓子が並べられている。

そのショーケースの向こうに、ひとりの女性が立っていた。

「いらっしゃいませ。『和菓　はなふさ』へようこそ」

元気な声で迎えてくれる。グレイっぽい作務衣に同じ色の帽子を被っていた。白い顔はまん丸で、体つきもどちらかというと丸く見える。優しそうな顔立ちをしていた。

「ティンさん、今日は大勢で来ました。みんな僕と同じように製菓学校に通っているひとたちです」

「そうですか。皆さん、はじめまして。わたしはリン・ティンです。よろしくお願いします」

ティンがぺこりと頭を下げる。寿莉たちも会釈した。

「師匠は今、厨房にいます。すぐに行きますか」

「あ、その前にお店で売っているお菓子を見せてください」

「いいです。好きなだけ見てください。食べたかったら、買ってください」

ティンがにこにこと言った。

寿莉はショーケースを覗き込んだ。

「わ……」

思わず声が洩れる。そこに並んでいたのは精緻な細工を施された菓子たちだった。白い表面の下から淡く紫色が覗く練切にはいくつもの花びらが放射状に描かれて、見事な菊の花となっている。その隣には紅葉を象った練切。これも赤みのある橙色が少しずつ黄色みを帯びていくようにこしらえられている。

「すごいわ、これ」

陶子が驚きを露にする。

「こんな繊細な和菓子、見たことない」

「師匠の腕前は世界一ですから」

ティンが自慢げに言う。

「練切だけじゃないです。こっちも」

彼女が指し示すところには一口大に切り分けた羊羹が並べられている。切り口には山の上に満月が昇るような絵が描かれて、いや、仕込まれていた。

「これ、流し込みで作ってるんですか」

爽菓が尋ねる。

「そうです。何回にも分けて色の違う餡を流し込んでます」

「でも、この満月は？　ただ流すだけじゃこんなにまん丸にはできないと思うんですけど」

「そこは師匠の技術です」

ティンは自分のことのように自慢する。

寿莉はショーケースの他の菓子にも眼を移した。緻密な細工を施されたものだけでなく、普通の三色団子も並べられていた。しかしこの中に置かれているのを見ると、その団子にさえ精巧な技術が施されているように見えてくる。いや、実際に高度な技巧で作られているものなのだろう。

「この店ってさあ」

朱音が感極まったように言った。

「この世のものじゃないみたい」

少し大袈裟だけど、その意見に少し賛成したい、と寿莉は思う。

「このお菓子、ここで食べてもいいですか」

陶子が尋ねると、ティンは頷いて、

「いいですよ。何がいいですか」

「じゃあ……この『菊花』を」

「わたしは『紅葉』をください」

爽菓が言う。

「わたし、この柿のお菓子」

朱音が言ったので寿莉は、

「この、お団子をください」

と続ける。

「はいはい。涼太は何がいい？」

ティンに尋ねられ、

「僕も三色団子をください」

涼太は言った。

あ、このひとは河合さんのことを「涼太」って呼び捨てにするんだ、と寿莉は思った。

店の片隅にある緋毛氈《ひもうせん》を敷いた縁台に並んで座ると、ティンがそれぞれ注文した菓子を銘々皿に載せて持ってきてくれた。一緒に煎茶《せんちゃ》を入れた湯飲みも添えられている。丁寧な心遣いだ。

「ありがとうございます」

寿莉は礼を言って菓子と茶を受け取る。脇にそれらを置くと、スマートフォンを取り出した。緋色を背景にした団子は絶好の被写体だった。涼太を除く三人も同じようにして菓子を写真に撮りだした。

「河合さんは撮らないんですか」

と尋ねると、

「この店のお菓子全部、わかってますから」

涼太はあっさりと答えた。

「食べるの惜しいよねえ」

写真を撮り終えた朱音が柿の姿を精妙に再現した菓子を眼の高さまで持ってき

て、じっくりと眺め回す。

「柿の肌のなめらかなこと。どうよ？」

「この菊の花だって、すごい細工よ」

陶子が言う。

「練切の表面にひとつひとつ筋を付けながら花びらを描いてある。こんな細かい細工、わたしには無理」

「同感」

爽葉も言った。そして黒文字で紅葉を半分に切り、さらに半分に切って口に入れた。

「……うーん、なめらか。見た目だけじゃなくて味も繊細だわ」

寿莉も三色団子を手に取った。柿のようなオレンジ、薩摩芋《さつまいも》を思わせる淡い黄色、そして栗のような茶色。三色で秋を表している。

ふと気付くと、ティンがこちらを見ていた。何か楽しそうにしている。少しいぶかしく思いながらも、柿色の団子から食べてみた。

歯を心地よく押し返してくるような弾力。嚙み切ると舌に団子の冷たさと甘さが広がる。

「……美味しい」

思わず呟いた。続けて真ん中の黄色い団子を口に入れる。

あ、と思った。色だけでなく、味も少し違う。最初の団子より甘みがあっさりとしていた。

もしかしてと、三つ目の団子を食べた。やはりそうだ。これもかすかに違う。コクが強い。

「……お砂糖が違う？」

「正解」

ティンが楽しそうに言った。

「柿色の団子には上白糖、芋色の団子にはグラニュー糖、栗色の団子には三温糖が使われてます。よくわかったね」

「それは、あの、学校で習いましたから……」

寿莉はおどおどしながら答えた。

「すごいですね、遠野さん。僕は最初に食べたとき、気が付かなかったです」

涼太が眼を見張った。

「遠野さんの味覚は繊細なんですね。うらやましい」

「そんな……」

寿莉はさらに恐縮する。

「よかったら、そろそろ厨房へ案内しますよ」

全員が食べ終わったところを見計らって、ティンが言った。

「はい、よろしくお願いします」

涼太が立ち上がる。他の四人も従った。

店の奥にある厨房は、思ったより広い部屋だった。甘い匂いと蒸気の香りが満ちている。

その厨房の真ん中、調理台の向こうにひとりの男性が立っていた。ティンと同じ作務衣姿だ。三十歳は過ぎているかもしれないが、日本人形のような整った顔立ちがその年齢をわからなくさせていた。

「わ」

朱音が一言。視線がその男性に釘付けになっている。

男性が声を発した。低音で響きのいい、鼓膜を快く刺激するような声だった。

「いらっしゃい」

「華房先生、今日は大勢で押しかけてきてすみません」

涼太が頭を下げた。

「みんな僕と同じタジマモリ製菓専門学校の生徒です。こちらから峯崎朱音さん、田城陶子さん、堂島爽菓さん、遠野寿莉さんです」

彼の紹介に合わせ、四人は「こんにちは」「お邪魔します」と頭を下げる。寿莉も何か言いたかったが、言葉にならなかった。ただ頭を深々と下げた。

「はじめまして。『和菓　はなふさ』の主人、華房伊織です」

華房も挨拶を返す。

「生憎《あいにく》と忙しくて三十分ほどしか時間をお取りできませんが、その間でしたら自由に厨房を見てください。ただ衛生第一ですので、手指の消毒はお願いします」

言われるまま、置かれていたアルコールを手に吹きつける。

「先にこれを作ってしまいますね」

華房は盆に並べた練切の菓子をひとつ手に取った。球形のものが白桃緑紫の四色にきれいに分かれて染められている。

「これ、どうやって作ったんですか」

爽菓が尋ねる。

「四色の練切で漉し餡をひとつずつ包餡して、それを糸を使って四等分します」

説明しながら華房は三角ヘラを手に取る。断面が三角になった木製のヘラで、これは寿莉も実習で扱ったことがあった。うまく扱えなかったが。

「それぞれの練切を組み合わせて四色の一個を作り、それをまた糸で切って組み合わせ、計八等分のものを組み合わせます。そしてこのヘラで」

と、ヘラで色の境目に筋を入れていく。八ヶ所のきれいな筋が入った。さらにその間を等分するように筋を入れると、

「わあ、きれい」

朱音が歓声を上げる。華房の掌に載っているのは四色の菊の花にも見える手鞠《てまり》

だった。

華房はそれを盆に戻すと、他の練切にも筋を付けていった。たちまちのうちに十個の手鞠が完成する。見事としかいいようのない手際だった。

「すごいですねえ」

陶子が感心する。

「手の中で魔法がかけられたみたい」

「魔法ではないですよ。和菓子というのは職人の掌の上で完成させるものです。おにぎりと同じですね」

「どちらも日本特有の食文化ですね」

涼太が言った。

「食と手仕事、というのは面白い研究課題かもしれない。僕の専門分野ではないけど」

「そういうことは文化史の研究家に任せましょう。私たちはただ作るのみです」

華房の言葉に涼太は頷く。

「そうですね。作る。それだけ」

それだけ。寿莉は少なからず衝撃を受けた。それだけ、と言い切れる華房と、それに素直に同意する涼太が、違うレベルの人間のように思えたのだ。

自分は、そのレベルに達することができるのだろうか。

ティンが完成した手鞠を店に持っていくと、華房は手を拭きながら、

「さて、何か質問は？」

と問いかけた。すかさず涼太が、

「カレーを和菓子に使おうと思うのですが、無謀でしょうか」

と質問する。

「無謀ですね」

華房は即答した。

「私も何回かトライしてみましたが、香辛料というのは和菓子の持ち味をほとんど奪ってしまいます。肉桂《ニッケイ》でさえ扱いは難しい。ガラムマサラやカルダモンといった香りの強いものを使うのは、やめたほうがいいでしょう」

「やっぱりそうですか……」

「試してみたの？」

陶子が尋ねると、涼太は頷く。

「カレー風味の饅頭とか団子とか作ってみたんです。でも、先生が仰るとおりカレーが強すぎて変なものになってしまいました。面白いアイディアだと思ったんですが」

「洋菓子でもカレーはさすがに使わないでしょうね。スナック菓子みたいなのならアリだと思うけど」

「そうですね。でも、どうしたらいいのかなあ」

「自由課題のこと？」

爽菓が訊く。

「そうです。何か特別なものを作らなきゃって思ってるんですが、何がいいのか思いつかなくて」

わたしと同じだ、と寿莉は思った。そうか、河合さんも同じところで悩んでいるのか。

「菓喜会のコンテストでは毎年自由課題でユニークなものを出品する応募者がいますね」

華房が言った。

「飴細工の蝶とかサンドイッチに似せた羊羹とか。たしかに審査員たちの間では評判になります。しかし良い評価は得られなかった」

「なぜでしょうか」

「単純にレベルが低かったからです。蝶もサンドイッチも似せてはいても、驚くほど似ているわけではなかった。みんなが驚くほどのクオリティであれば絶賛されたでしょうが、中途半端な出来では逆に応募者の評価を下げてしまうことになります。奇をてらうのは得策ではない、ということです。遠野さん」

「あ、はい」

唐突に名前を呼ばれ、寿莉は動揺しながら返事をする。

「あなたも新春和菓子コンテストに応募されているんですよね？」

「……あ、はい。そう、です……」

「どんなものを作るか、決めましたか」

「それが……まだはっきりとは……」

「そうですか。ではひとつだけ助言しましょう。自由課題で表現すべきなのは、あなたです。あなた自身。それは突飛なものではない。当たり前の、でもあなたという人間を感じさせるものでなければならない。わかりますか」

「それは……その……」

「わかりません」

代わりに涼太が答えた。

「僕自身というのは、どういうことなのでしょうか。どういうことが僕を感じさせるものなのでしょうか」

「それを答えてしまったら、私から見た君についての印象にすぎなくなる。君が自分をどう捉えるか、それが重要です」

「和菓子を作るって、自分自身を見つめることになるんだね」

「和菓　はなふさ」からの帰り、駅に向かう道を歩きながら、爽菓がしみじみと言った。

「そんな難しいものとは思わなかった」

「和菓子だけじゃない。洋菓子も」

陶子が受けて、

「そもそも、ものを作るってことが自分と向き合うことなのかもね」

「難しいなあ」

朱音が頭を掻きながら、

「そんな面倒なこと考えながら菓子作ったりできないよ。ねえ？」

と、寿莉に同意を求めてくる。

「うん……」

頷きながらも彼女は考えていた。華房の言うことはたしかに難しい。でも、大事なことかもしれない……。

「大事なことは、面倒なんです」

涼太が言った。寿莉は自分の考えが読まれたのかと思った。

「大事でなければ避けるか捨てればいい。でも大事なことだから、避けて通れない。向かい合わないと」

「そうかもね」

爽菓が応じる。

「それで、河合さんはどうするの？　どうやって自分を表現する？」

「考えていることがあります」

涼太は言った。

「僕はなぜ、和菓子を作りたいと思ったのか。どこに魅力を感じたのか。そのことを突き詰めていけば、何か見つかるかもしれない」

「河合さんは華房さんの和菓子を見て感動して、和菓子職人を目指したよね。つまり華房さんが作るようなお菓子を作るってことかしら？」

陶子の問いかけに、彼は首を横に振って、

「違います。いえ、そうかもしれないけど、少し違う。僕がなぜ華房先生の作る和菓子に魅せられたのか、という点について検討しようと考えているんです」

涼太の話を聞きながら、寿莉も考えていた。

自分はなぜ菓子を作りたいと思ったのか。

以前、涼太に問われたとき「他にしたいことがなかったから」と答えた。たしかにそうだ。他にしたいことはない。でも、それではなぜ、菓子だけが「他」ではなかったのか。

――寿莉ちゃんは、お菓子を作るのが上手だねえ。

やっぱり、これだ。お祖母ちゃんの言葉。それが心に残っている。

生まれて初めて、ではないかもしれない。でも、褒められたことを初めてしっかりと記憶に留めた。

「……わたし、褒められたいんだ」

ぽつり、と言った。

「お祖母ちゃんにホットケーキを作ってあげて褒められたとき、嬉しかった。もっとあんな気持ちになりたい。誰かに褒められたい。でも他のことで褒められたことがないから、だからお菓子を作ろうと思った。もしかしたらまた誰かが『お菓子を作るのが上手だね』って言ってくれるかもしれないかなって。わたし……」

寿莉は、いたたまれない気持ちを言葉にした。

「わたし……最低だ」

「どうして？　どうして寿莉が最低なの？」

訊いてきたのは、爽菓だった。

「だってそうでしょ。褒められたいからやるなんて、動機が不純だもの」

寿莉は立ち止まった。

「わたし、何も自慢できることがなくて、いつも自信がなくて、でもお菓子を作れるようになれば、そういうこともなくなるかもって。ここにいてもいいよって言ってもらえるかもって。そんな自分勝手な考えなの」

「それ、自分勝手なんでしょうか」

涼太が言った。

「自分勝手って、どういうことを指すんでしょう？　自分の都合だけで行動すること？　その場合、まわりのことを考慮しないと自分勝手と言われることが多いのかな？　そもそも『勝手』って何だろう？　台所のことも勝手っていうけど、関係あるのかな？」

「河合さん、考えるのもいいけど、話がずれてます」

爽菓が言った。そして寿莉に向かって、

「たしかに寿莉のは自分勝手だよね。でもさ、自分の勝手で生きていないひとなんて、いるかな？　みんなまず、自分の都合で始めるでしょ。それは別におかしいことじゃないけど」

「でも、自分のことばかり考えてたら――」

「本当に自分のことばかりかな？　だってお祖母ちゃん、寿莉が作ったお菓子のことを喜んでくれたんだよね？　お祖母ちゃんを喜ばせたんだよね？　それって他のひとも幸せにしてるんじゃない？」

「逆に訊くけどさ、どういう動機なら不純じゃないと思う？」

これは陶子の質問だ。

「それはたとえば、河合さんみたいな。純粋に好きでやってるなら」

「河合さんのことは別にしておいたほうがいいわね。このひと、変わってるから」

陶子はずばりと言ってのける。言われた本人は、きょとんとした顔で、

「やっぱり変わってますか。みんなに言われるけど」

「そうね。変わってる。それはともかく。たしかに好きで始めてるひともいるわね。でもそれしか駄目ってことではないと思う。寿莉はマザー・テレサって知ってる？」

「名前だけは。立派なひとだったって」

「そうだね。インドで貧しいひとのために学校や寝泊まりする施設を建てたり、孤児を育てたりしてノーベル平和賞をもらったひと。純粋に立派なひとよ。わたし、マザー・テレサの伝記を子供の頃に読んで、すごく感動して、中の文章をずっと覚えてるくらいなの。そのひとがね、こんなことを言ってるの。『この世で最大の不幸は、戦争や貧困などではない。人から見放され、自分は誰からも必要とされていないと感じることだ』って。この言葉を知ったとき、ちょっとびっくりしたの。博愛精神のかたまりみたいなマザー・テレサでさえ、誰かから必要とされないことが一番不幸だと思ってるんだって。じゃあ貧しい人や子供たちを助けたのも、必要とされたいからなの？　それって動機、不純じゃない？　どう思う？」

「どうって……でも、マザー・テレサはたくさんのひとを幸せにしてるんだから、それでもいいと思うけど」

「そうよね。誰かを幸せにして、その結果自分も必要とされて幸せになる。それって悪いこと？　むしろそれ、Win《ウィン》-Win《ウィン》ってことじゃない？　爽菓がさっき言ったとおり、寿莉はお祖母ちゃんを喜ばせたから褒められた。そして寿莉も褒められて幸せになった。それ、Ｗｉｎ‐Ｗｉｎじゃない」

「それは……でも……」

「でも？」

「うまく言えないけど、そういうので幸せを感じてもいいのかなって……」

「寿莉ってさあ」

朱音が言った。

「駄目な自分でいたほうが安心できるんでしょ。誰かから『調子こいてんじゃねえ！』って怒られないから」

はっ、とした。ナマハゲのことだ。

「だったら話は早いね」

爽菓が言う。

「そんなこと言う奴がいたら、そいつは寿莉を不幸にすることで自分が幸福になれると思ってる奴。そんな奴のために自分を駄目だと思いつづける必要は、ない」

「そのとおり」

陶子が同意する。

「誰だって自分を幸せにする権利を持ってるの」

自分を幸せにする権利。その言葉が寿莉の心に沁《し》みた。そうか、そうなのか。

「話を聞いていて、ひとつ、わかったことがあります」

しばらく黙っていた涼太が、言った。

「遠野さんは、いいひとです」

「え……」

あまりに直截《ちょくせつ》な物言いに、寿莉は固まる。

「なぜなら遠野さんは自分の善良性を疑い、その上で善良であろうとして葛藤している。その葛藤こそが善者である証左です。だから、いいひとです」

「はあ」

どう反応したらいいのかわからない。

「褒められてるん、ですよね？」

「そうだと思うよ」

朱音が言った。

「河合さん、皮肉を言うような性格じゃないし」

「だね」

爽菓も頷いた。涼太はまたもきょとんとして、

「皮肉を言うのに必要な性格って、何でしょうか」

と訊いた。これには爽菓も陶子も朱音も笑った。

寿莉も、笑った。

12

菓喜会主催の新春和菓子コンテストは、商工会議所ビルの三階会議室で開催された。

広い会場に会議テーブルが並べられ、白い布を掛けられている。ここがコンテストの舞台だ。

会の発表によるとエントリーしたのは五十三名だそうだ。そのうち三名が製菓学校の生徒だという。つまり、寿莉たち以外にコンテストにでる学生はいない、ということだ。

寿莉の神経は高ぶっていた。昨夜《さくや》ほとんど寝ないで出品する菓子を作っていたので睡眠不足なのだが、そのせいでかえって眼が冴えている。段ボール箱を抱えて会場に入ったとき、言いようのない緊張感が全身を包んだ。

すでにいくつか作品がテーブルに並べられている。ライバル、というにはおこがましいが、他の応募者の作った菓子がどんなものなのかすぐにも確認したい誘惑に駆られた。だが、それよりも先にやらなければならないことがある。「51」と書かれた紙が貼られたテーブルを探すことだ。それが彼女のエントリーナンバーだった。

それは会場の隅にあった。番号の他に名前などは一切書かれていない。寿莉は段ボール箱を置くと、それを開いて中に収めていた作品を取り出し、テーブルの上にひとつずつ置いていった。並べ方は指示されている。左上から時計方向に春、夏、秋、冬の作品を置き、中央に自由課題を置く。

ひとつひとつを手に持って所定の位置へと慎重に置いた。

「寿莉」

並べ終えたとき、声がかかった。振り向くと爽菓、陶子、朱音がいた。

「来てくれたの？」

「当然」

朱音が言う。

「……ありがとう」

思わず知らず、声が潤んでいた。

「さて、寿莉の和菓子、見せてもらいましょうかね」

爽菓がテーブルを覗き込む。他のふたりも同様にした。そして、

「へえ……」

「わあ……」

「……すごいね」

口々に感想を洩らす。陶子が続けて言った。

「この春の練切、前に見せてもらったものより形がきれいになってるね。色のぼか

しかたもうまくなってる。夏の水羊羹は、思いきった青色にしたね。秋の栗饅頭はいい焼き色がついてるし、冬の餅菓子は雪だるまの可愛さが良く出てる。そして自由課題は……なるほど、こうきたか」

　四季の菓子の中央に置かれたのは、小さなホットケーキだった。饅頭生地を二枚焼いて重ね、その上に寒天と砂糖を煮溶かして作った艶天《つやてん》を蜂蜜《はちみつ》のように垂らしかけ、バターに見立てた小さなホワイトチョコを中央に載せている。

「お祖母ちゃんにつくってあげたホットケーキだよね？」

「そう。他に思いつかなかった」

——自由課題で表現すべきなのは、あなたです。あなた自身。それは突飛なものではない。当たり前の、でもあなたという人間を感じさせるものでなければならない。

　華房に言われた言葉を何回も頭の中で繰り返し、考えに考えた末に、こんな形になった。初めて褒めてもらえたお菓子。自分がこの道に進みたいと思ったきっかけとなったものを、和菓子に仕立ててみたのだ。

「あんまり芸がないけど……」

「そんなことない。いいアイディアだよ」

　爽菓が言った。そう言われると、すこしほっとする。

「ところで河合さんは？」

　朱音が会場内を見回す。

「まだ来てないみたいだね。エントリーナンバー、何番だっけ？」

「たしか49」

言いながら寿莉は隣のテーブルに眼をやる。「49」の紙が置かれたところには、まだ何もない。

「どうしたんだろうねえ？　間に合うのかなあ？」

「大丈夫だよ」

寿莉は言った。

「河合さん、きっと来るから」

「そうだね」

朱音は頷いて、

「じゃあ敵情視察といきますか。寿莉、他のひとのも見に行こう」

もう半分以上の作品が並べられている。会場に来ているひとたちに交ざって、それらの作品を見てみた。

ああ、と寿莉は思う。どれもすごい。きれいだ。やっぱりプロの作ったものは違う。

どう見ても自分の作品は稚拙《ちせつ》だった。発想も技術も全然レベルが違う。こんなひとたちの作品と並べて品評されるのかと思うと、やっぱり怖くなった。

爽菓も陶子も朱音も黙って作品を見ている。何も言わないのは自分に気を遣っているからだろうか。ここまで歴然とした差があると、比べるのも無意味かもしれない。

そんなことを思いながら他の作品を見ていく。が、いくつか見ているうちに少し気持ちが変わってきた。

どの作品も、すごい。良くできている。でも……。

華房の店で見た和菓子たちを思い出す。あの繊細さ、色使い、造形の巧みさ。あれはやっぱり、並大抵のものではなかったのだ。たとえば形にしても、華房の和菓子はうっとりするような曲線美で形作られていた。色の具合も芸術作品のようだったし、何より菓子から醸しだされる気品のようなものがあった。それが、ここに並べられている和菓子には、ない。

あれが天才の仕事というものなのだ、と寿莉はあらためて感じ入った。

「みんなあ」

声がした。顔をあげるとテーブルの向こう側に柔らかな笑顔があった。

「ティンさんも来てたんですか」

「そう。師匠のお供」

「華房さんもいらしてるんですか」

「当然。今日の審査員のひとりだから」

ティンが指差す先に背広姿の華房がいた。テーブルに置かれた応募作品を見つめ、手許のバインダーに何か書き込んでいる。審査の最中らしい。

「遠野さん、もう作品置いた？　見せて」

屈託なくティンが言う。

「あ……はい」

寿莉は彼女を自分の作品のところに連れていく。

「ふうん……」

しげしげと眺めながら、ティンは声を洩らす。寿莉は血圧が下がっていくような感覚と頬の火照《ほて》りを同時に感じた。

五つの和菓子をじっくりと検分した後、ティンは彼女に言った。

「下手だね」

「そんなこと言わなくても――」

反論しようとしたのは朱音だった。しかし寿莉はそれを押さえて、

「……わかってます。わたしはまだ下手です」

「うん、下手。店では売れない。でも」

ティンはにっこりと微笑む。

「わたし、このお菓子、好きだよ」

「あ……」

一瞬、どう答えたらいいのかわからなかった。逡巡の後、

「……ありがとう、ございます」

やっと頭を下げた。

顔をあげると、ティンの背後にもうひとり、見知った顔があった。

「川島さん……」

郁美は軽く会釈すると、寿莉の隣に自分の作品を並べはじめた。

春は緑と黄色で菜の花を表現した金団《きんとん》、夏は鮎の姿の焼き菓子、秋は柿を象った外郎《ういろう》、冬は椿を模した練切、そして中央に置かれた自由課題は、真っ白な蒸し饅頭だった。

「このお饅頭、もしかして前に話してたお饅頭屋さんの？」

寿莉が尋ねると、郁美は頷く。

「やっと、人前に出せるものができたわ」

あらためて彼女の和菓子を見る。どれもしっかりとした作りだった。

「こっちはお店に出せるのがひとつあるね」

同じく郁美の作品を見ていたティンが指差したのは、饅頭だった。

「他の四つはまだエチュード、習作ね。でもこの饅頭は無骨さが良い味出してる」

「このひと、誰？」

無遠慮な品評に郁美が眉をひそめ、寿莉に尋ねる。

「あ、こちらはリン・ティンさんといって――」

「リン・ティン？　あなたが？」

寿莉が紹介し終える前に郁美が眼を見開いて、

「まさか、まさかここでお会いできるとは思いませんでした」

と、感激したように声を弾ませた。

「え？　どういうこと？」

朱音がふたりに視線を向ける。

「あなたたち、もしかして知らないの？」

郁美が信じられないといった表情で、

「このひとが、わたしたちの先駆者なのよ」

「先駆者って？」

訊き返す爽菓に、

「過去、このコンテストにエントリーした製菓学校の生徒は、わたしたち以外にはひとりだけ。そのひとりはでも、審査員特別賞を受けたの」

「もしかして、それが、ティンさん？」

「そうだよ」

答えたのはティン本人だった。

「その特別賞を贈ってくれたのが、師匠」

「華房さんが？」

「面白そうなものを作るって。それでわたし、製菓学校を卒業して師匠の店に入った」

「へえ」

寿莉は感心するばかりだった。

と、当の本人、華房がこちらにやってきた。寿莉はまたまた緊張する。

華房は彼女たちに軽く会釈すると、無言で寿莉と郁美の作品を見つめはじめた。穏やかな視線だったが、寿莉はその眼差しが怖かった。

彼は無言のままバインダーに挿《はさ》んだ用紙に何か書き込み、そのまま何も言わず去っていった。

「誰？　あのイケメン？」

郁美が囁《ささや》くような声で尋ねてきた。

「華房伊織さん。ティンさんの師匠です。そして、河合さんの憧れのひと」

「憧れ？　それって……」

言いかけた郁美は思い直して、

「ところで、その河合さんは？」

「まだ来てないんです」

「そろそろ締め切りの時間なのに？　間に合うの？」

「大丈夫……かな？」

寿莉も少し自信がなくなってきた。作品は定刻までに陳列を終えていなければならないのだ。時計を見ると、あと二十分。

「まずいねえ」

朱音が呟く。

あと十五分。

「何やってるんだろ？」

爽菓が焦り気味に言う。

あと十分。

「まさか、徹夜して作って安心して眠り込んじゃったとか」

陶子が気を揉む。

「わたし、電話してみる」

寿莉はスマートフォンを取り出し、電話をかけた。

どこかで聞き覚えのある着信音が聞こえた。

「え？」

まわりを見回す。

いた。ちょうど会場に入ってきたところだ。急に鳴ったスマートフォンを取り出そうとして、持っていた段ボール箱を落としそうになる。

「危ない！」

寿莉は咄嗟に駆け寄り、彼の手から落ちかけた箱を支える。

「あ、どうも」

暢気《のんき》な声で涼太が応じる。

「何やってたんですか。もうすぐ締め切りですよ」

いささかキレ気味に寿莉が言うと、

「道に迷いました。反対側の電車に乗っちゃって」

と、何でもないことのように言う。

「あの、僕はどこに置けばいいんでしょうか」

「こっちです。こっち」

涼太を「49」のテーブルに連れていく。

「ああ皆さん、いらっしゃい」

いささか場違いな挨拶をする彼を、

「そんなことより、早く！」

と寿莉は叱咤《しった》した。

「はいはい」

涼太はひとつずつ、持ってきた和菓子をテーブルに置いた。

「……」

「……」

「…………」

それを見た彼女たちは、無言になった。寿莉もすぐには声を出せなかった。青い練切、赤い羊羹、白い饅頭、そして黒い餅。製法はたしかに違う。しかしどれも同じ形をしていた。Cの字に似て、片方の端が丸く中央に窪みがある。

「これ、何？」

爽菓が尋ねると、

「勾玉《まがたま》です」

涼太が答える。言われてみれば、たしかに教科書で見たことのある形だ。

「でも、どうしてみんな同じ形なの？」

「対数美曲線だからです。僕にとってこれが一番美しい形です」

「たいすうび？　それ何？」

「これですよ」

涼太が示したのは四つの勾玉の中央に置かれた菓子だった。それは薄緑色の薄焼き煎餅だったが、表面にアイシングで何か書かれている。これが彼の自由課題作品らしい。

「……これ、数式？」

「勾玉の形状を式に表したものです」

涼太は自信ありげに言う。

「菓子作りもですが、この数式を導き出すのに苦労しました」

寿莉は朱音と爽菓は陶子と、そして郁美はティンと顔を見合わせた。

「訊きたいんだけど」

率先してティンが言った。

「その苦労、何の意味がある？」

「意味、ですか。それはもちろん、和菓子を数学的に解析することです」

「それ、審査の対象になると思ってる？」

「思ってません」

またも自信たっぷりに涼太は答える。

「当たり前じゃないですか。審査するひとたちはそんなこと、全然気にしませんよ」

「意味がないってことは、わかってるんだ」

郁美が半ば呆れながら言うと、

「意味はあります。僕には」

彼は言い切った。

「初めて華房先生の和菓子を見たとき、僕の頭の中に『$\log(\rho ds/d\rho)=\alpha\log\rho+c$』という数式が浮かびました。先生もこの数式を意識して作っているのかと思ったけど、違ってました。意識しなくても人間は美しいものを作ろうとするとき、この数式に則っているんだとあらためてわかりました。だから僕は人間の無意識の中にある数式を自分の菓子に記してみようと思ったんです。これは僕にとって、とても意味のあることです」

涼太の熱弁に寿莉たちは圧倒される。というか、彼の情熱の方向性がよくわからなかった。

「……なるほど。河合さんの熱い気持ちはわかった」

爽菓が代表して言った。

「それが審査員のひとたちに伝わるといいんだけど」

「あの、ひとつ訊いてもいいかな？」

朱音が言った。

「このお菓子、課題をクリアしてないような気がするんだけど」

「え？　そうですか」

「だって四季を表現しなきゃならないんでしょ？　なのにみんな同じ形なんだけど」

「表現してますよ。色で」

と、涼太は答える。

「色？」

「これも華房先生に教えてもらいました。先生の作品は青龍、朱雀、白虎、玄武で方向を表してましたけど、この四色は季節も表しているんです。青春、朱夏、白秋、玄冬というふうに」

「青春は知ってるけど、他の三つは知らない」

「人間に当てはめると人生の春という意味ですね」

「勉強になったわ。でも河合さんのお菓子ってさあ」

朱音は言った。

「河合さんと同じで、理屈っぽいね」

「そうかもしれませんね」

涼太は苦笑を浮かべ、

「でも理屈って論旨に乱れがなければ美しいものですよ。特に数式って本当に美しい。たとえばネイピア数というのは自然対数の底なんですが……」

滔々と弁じる涼太の話をよそに、寿莉は彼の作った和菓子を見つめていた。

四つの同じ形。そのどれもが、優美な曲線で形作られている。

うん、たしかにきれいだ。

製法が違うのに、どれも同じように美しい。これってもしかして、かなり高度なことをしてるんじゃないだろうか。

ふと背後に気配を感じて振り返ると、華房が立っていた。彼も涼太の作品を見ている。

「先生……」

寿莉の声で気付いたのか、涼太が黙った。

華房は彼の和菓子を無言で見つめ、バインダーに何か書き込み、無言で去っていった。

ふぅ、と溜息が聞こえる。涼太だ。彼なりに緊張したらしい。

その後、華房以外の審査員もやってきて、寿莉や郁美や涼太の作品を見ていった。彼らも何も言わない。その無言が怖かった。

やがて審査が終了し、審査員たちが別室に入った。そこで協議して優秀作を五人、最優秀作をひとり、決めることになっている。

結果を待っている間、寿莉は他の作品をまた見に行ったりしていたが、内心は穏やかではなかった。

三十分後に審査員が戻ってくると、審査委員長が壇上に立った。

「皆さん、お疲れさまでした。審査の結果を報告します。まずは優秀作から」

ひとりひとり名前が呼び上げられる。そのたびに拍手が起きた。五人の中に寿莉も郁美も涼太も入ってはいなかった。

「ではいよいよ、最優秀作を発表いたします」

一拍の間を置いて、名前が呼ばれた。

「籐宝堂《とうほうどう》、中山達生《なかやまたつお》さん」

前に出て一礼したのは、寿莉たちとそれほど変わらない年頃に見える男性だった。

かなり緊張した顔をしている。賞状を渡され、審査委員長と一緒に写真を撮られた。また拍手。寿莉も手を叩いた。

ひととおりのセレモニーを終えた後、審査委員長が「最後に一言」とマイクの前に立った。

「今回も若い皆さんの意欲と志に満ちた作品が集まりました。審査は難航しました。どれも良い出来だったからです。選ばれなかった皆さんも、悲観は無用です。あなたがたの作品も素晴らしかった」

その言葉を寿莉は他人事のように聞いていた。「あなたがた」の中に自分がいるとは思っていなかったのだ。やはりプロとの差は明らかだった。まあ、参加できただけ良かったと思おう。そんなことを考えていたら、

「今回、製菓学校の生徒さんの参加もありました。異例なことですが、私はその意欲に感じ入りました」

委員長が自分たちのことを話しはじめたので、心臓がびくりとした。

「生徒さんの作品は、技術的にはまだ勉強の余地があるものでした。しかしながら若々しい発想には大いに心を動かされました。今後さらに研鑽を積んで、いずれまたこのコンテストに応募していただきたい。そして和菓子の世界の発展のために寄与していただきたい。そう切に願います」

拍手が起きた。自分たちのための拍手だと、すぐにはわからなかった。寿莉は当

感しながら涼太を見た。微笑んでいた。郁美を見た。泣きそうな顔をしていた。

自分はどっちの顔をしているだろう。頬に伝うものを感じながら、寿莉は思った。

どちらにせよ、コンテストに応募して良かった。本当に良かった。

「やばいね」

朱音が感極まったように言う。なぜか彼女も泣いていた。爽菓も陶子も眼を潤ませていた。四人で抱き合って、泣いた。

コンテストは終わり、撤収の時間となった。爽菓たちに手伝ってもらい、持ってきた作品を箱に戻していると、

「お疲れさあん」

ティンがやってきた。その後ろには華房もいる。

「ここで、師匠からお話があります」

ティンが言う。寿莉は思わず背筋を伸ばした。

「皆さん、お疲れさまでした」

華房が言った。

「委員長が仰ったとおり、あなたがたの作品は意欲に満ちていました。技術を磨けば、さらに良いものを作ることができると思います。精進してください」

そして彼は郁美の前に立って、

「川島さん、あなたの和菓子には覇気《はき》がある。前に進もうとする力を感じました。

その中でも自由課題の饅頭は、素朴な中に芯の強さを感じさせた。いいものです」

「ありがとうございます」

郁美は深々と頭を下げる。次に華房は寿莉の前に立つ。またも彼女の心臓が早鐘を打った。

「遠野さん、あなたは素直だ。気取らず自分の好きなものを表現できる。その気持ちは、今後も忘れないでください」

「あ……ありがとうございます」

寿莉も頭を下げる。また泣きそうになった。

「そして河合さん」

華房は涼太に言った。

「君は、本当に君ですね。河合涼太でしかないものを持っている。それは欠点になるかもしれない。でも伸ばすことができれば、他の誰にも真似できないオリジナルなものを作り出すことができるかもしれない。期待しています」

「はい、そうします」

涼太は、晴れやかな表情で答える。

「そういうことで」

と、華房はスーツの内ポケットから革製の名刺入れを取り出した。

「これを渡します」

寿莉と郁美と涼太に一枚ずつ名刺を渡した。「和菓　はなふさ　店主　華房伊織」とだけ記されている。浅葱《あさぎ》色というのだろうか、緑がかった薄い水色の紙が使われている。

「これは業務用に普段使っている名刺ではありません。特別なときにだけ渡しているものです。裏を見てください」

言われるまま裏返すと、手書きの文字があった。

「……『特別賞』……」

「賞状代わりです。私からあなたがた三人に贈ります」

「え……わたしもですか」

寿莉は思わず訊き返した。

「河合さんや川島さんはわかるけど、わたしも、もらっていいんですか」

「もちろん」

華房は微笑んだ。

「また、いつでも店に来てください。ティンちゃんにその賞状を見せれば、うちの菓子を一品サービスします」

「あの」

郁美が名刺を掲げるように持って、

「先生に、和菓子の作りかたを教えていただけませんか」

「それは駄目」

ティンが口を挟む。

「師匠の弟子はわたし」

「ティンちゃん、意地悪を言わないで」

華房がたしなめると、ティンは軽く舌を出して笑ってみせた。

「わかってる。このひとたちみんな、わたしの後輩ね」

後輩……わたしも？　寿莉は足下がふわふわと浮いているような気持ちになった。

では、と華房が去った後も、そのふわふわは消えなかった。

「いいなあ」

朱音が言う。

「わたしも挑戦すればよかった」

「これから挑戦すればいいじゃない」

爽菓が言う。

「なんか、元気もらった気分。わたしもやる」

「やるって、和菓子コンテスト？」

「ううん、陶子と同じ。ジャパン・スイーツ・コンテスト」

「やるの？　ほんと？」

陶子が声を高くする。爽菓は頷いて、

「考えてたアイディアがあるの。まだ間に合うよね？」

「うんうん！　間に合う。わあ……！」

陶子は爽菓の手を握って飛び上がった。

「なあんだ、みんなやるのか」

朱音は口を尖らせて、

「……じゃあ、わたしもなんか、考えよ」

「いいですね。うん、とてもいいことです」

涼太が何度も頷く。その様子を見ていた郁美が少し呆れたような顔で、

「A班ってやっぱり、変わってるわね」

「そうだね」

寿莉が素直に応じると、郁美は苦笑ともつかない笑みで、

「あなたも変わってる」

と言った。

第五章　自分の人生は自分で決める

1

久しぶりに会った純二と登志男はスーツの似合うサラリーマンになっていた。

「そういうおまえは、全然変わってないな」

レモンサワーを飲みながら純二が言う。

「やっぱりまだ学生やってるからかな。製菓学校はどうだ？」

「楽しいよ」

涼太は言った。

「毎日が新しい発見と研鑽の連続だ。とてもエキサイティングだよ」

「いいなあ。俺なんか就職して一年で、もうボロ雑巾みたいだよ」

焼き鳥を口に運びながら登志男が嘆く。

「会社勤めがこんなに楽しくないものだなんて思わなかった。俺やっぱり人に使われるような人間じゃないんだよなあ。辞めて起業しようかなって思ってる」

「こいつ、就職して一ヶ月で音を上げてるんだぞ」

純二が茶化すと、登志男がむきになって、

「そういうおまえだって会社やだやだってＬＩＮＥしてくるじゃんかよ。お互いさまだろ」

「嫌なものは嫌だろうが。河合みたいに好きなことに一直線にはなれんからさあ」

「今の仕事、好きじゃないのか」

涼太が尋ねると、純二は顔を歪めて、

「だってさあ。大学で勉強したこと、何にも役に立ってないんだぜ。表計算ソフトでできるような仕事ばかりでさ。それより頭を使うのは人間関係のほう。よくわかんないこと言う上司とか先輩とかとのコミュニケーションばっかり気を遣ってさあ。やってらんないよ」

「だよな。会社ってそういうとこでリソース浪費させられるよな」

愚痴を言い合う友人たちを前に、涼太はノンアルコールモヒートを飲んでいた。いかにも居酒屋といった雰囲気の店にはアイドルらしい女性の歌声が流れ、客のお喋りに混ざっていた。大画面テレビで番組も観せているが、字幕表示にして音声は切っている。

「それで河合は、いつ和菓子職人になれるわけ？」

登志男が訊いてくる。

「製菓学校って二年間だっけ？」

「そう。今が二年目。来年三月に卒業したら、どこかの和菓子屋に就職して修業することになる」

「資格とか取れるの？」

「製菓衛生師というのがあって、二年以上の実務経験があるか、都道府県知事が指定する養成施設で一年以上学べば受験資格が得られる。この資格がなければ菓子職人になれないってわけじゃないけど信用度は増すし、これを取っておくと開業のときに必要となる食品衛生責任者の資格が専門の講座を受講することなく取得できるから便利だ。海外でパティシエとして働こうとする場合にも就労ビザの取得に有利らしい。他に菓子製造技能士という資格があって、これは洋菓子と和菓子が分かれてるんだけど、卒業後はそれの二級の受検資格が得られるとも聞いた」

「その分野なりに資格があるんだな。俺も何か潰しの効く資格とか取っておこうかなあ」

純二がうらやましそうに言った。

「潰しの効く資格って、たとえばどんな――」

訊きかけた涼太の言葉が、途絶えた。

その視線はテレビ画面に釘付けになっている。情報番組らしいもので、空港のロビーを歩く女性の姿が映し出されていた。字幕には「河合沙雪《さゆき》17年ぶりに帰国」と記されている。

「どうかしたか」

登志男に尋ねられ、

「いや」

涼太はテレビから視線を外し、空になっているグラスに口を付けた。


家に帰ると、千春が待っていた。

「話があるの」

「わかってる」

涼太は言った。

「帰ってきたんだね」

「そう。帰ってきた」

千春が彼の前に封筒を差し出す。

「古風よね。今どき手書きの手紙なんて」

封筒にはこの家の住所と「河合涼太様」という宛て名が書かれている。

「僕のメールアドレスもLINEも知らないものね、あのひと」

涼太は封筒を受け取るとカッターナイフで丁寧に封を切り、取り出した便箋を開いた。

2

製菓学校の授業も二年次になると今までより高度になってくる。加えてインターンシップで実際の店舗での仕事を経験するなど、実践的なことも学ぶようになってきた。

寿莉は市内にある有名ホテルの中にある洋菓子店でインターンとして二ヶ月ほど働くことになった。ここはモンブランが有名で一日に百個以上売れる。だから厨房も売り場もてんてこ舞いの忙しさだったが、寿莉は精力的に仕事に励んだ。おかげで店長の評価も高く、学校を卒業したらうちで働かないかと誘われるほどだった。

その話をすると朱音が眼を丸くして、

「すごいね。もう就職決めちゃったか。わたしなんか毎日ケーキのラッピング頑張ってるのに、あの店長全然褒めてくれないんだ。やる気なくすわあ」

「うちも特に卒業後のことは何も言われないな。あそこ、あんまり流行《はや》ってないし」

と、爽菓。

「陶子のところは？」

「そこそこ忙しいよ。でも店の雰囲気がいまいちかしらね。チーフパティシエがちょっと態度悪いのよ。怒りっぽくってね。ああいう店では働きたくない」

昼休み、学校内の休憩所にA班全員が集まっていた。朱音と爽菓と陶子は個人経営の洋菓子店でインターンをしている。

「河合さんはどう？」

陶子が尋ねる。しかし涼太は答えない。見るとひとりだけランチを食べ終えていなかった。

「どうかしたんですか」

寿莉が声をかけても、返事はない。ぼーっと宙に視線を飛ばして黙り込んでいる。

「河合さんってば」

朱音が肩を叩くと初めて気が付いたように、

「あ、何でしょうか」

「何でしょうかじゃないわよ。どうしたの？」

「どうした？　どうしたんでしょうね」

返答も頓珍漢《とんちんかん》だった。

「何か悩み事？」

爽菓が尋ねる。すると彼は持ったままだったサンドイッチを見つめ、

「悩み事……悩み、かなあ。僕は悩んでるんだろうか。それとも迷っているんだろうか。悩むことと迷うことは違うのか。違うとしたらどこに違いが——」

「河合さん、また禅問答してる」

陶子があきれ顔で、

「悩んでるのか迷ってるのか知らないけど、もうすぐお昼休みが終わっちゃうわよ」

「あ、それはまずい。食べなきゃ」

涼太は慌ててサンドイッチを口に詰め込む。

「あの、何を悩んでるんですか」

寿莉が尋ねると、

「ふがかかふくふく」

意味不明のことを言い出す。

「あ、食べちゃってからでいいです」

「ふぁい」

口いっぱいの玉子サンドを飲み込み、ペットボトルの紅茶を飲んで一息つくと、
涼太は言った。

「パンって口の中の水分を全部持ってっちゃいますね。もうすこししっとりしたものにできないかな。あ、でもそうすると風味とかが失われるか。どうしたらいいんだろう?」

「少しずつ食べればいいんじゃないかしらね」

爽菓の助言に、

「ああ、そうですね。たしかにそうだ。うん」

妙に感心する。そして、ついでのように言った。

「母さんが帰ってきたんです。会うべきかどうか悩んでます。あるいは迷ってます」

「母さん、って？」

寿莉が訊き返すと、

「僕を産んだひとです」

当たり前のことを返された。

「それはわかりますけど……」

どう尋ねたらいいのだろうかと、寿莉は困惑する。しかし涼太のほうはあっさりと、

「母さんは十七年前に僕を置いてイギリスに行きました。ずっと帰って来なかったのが、突然帰ってきました。そして僕に会いたいと言ってます。僕はどうするべきでしょうか」

「えっと、それは……」

寿莉は朱音たちと顔を見合わせる。代表して朱音が尋ねた。

「お母さんは、どうして河合さんを置いてイギリスに行っちゃったんですか」

「好きなひとができたからです。イギリスの映画監督で、母さんを自分の映画に起

用したのが縁で付き合いはじめて、それで連れていってしまいました」

「ちょ、ちょっと待って」

手を挙げたのは陶子だった。

「もしかして河合さんのお母さんって……ああ、そうだ。河合修が伯父さんだって聞いたときに気が付くべきだったわ」

「どういうこと？」

爽菓が訊くと、陶子は犯人を指摘するように涼太を指差し、

「河合さん、あなたは河合沙雪の息子なのですね」

「そうです。僕は河合沙雪の息子です」

涼太はあっさりと認めた。

そして沈黙。

「……」

「……」

「……嘘。ほんと？」

朱音が声を洩らす。

「河合さんのお母さんが、河合沙雪？」

「河合修と河合沙雪が兄妹だってこと、知ってたのになあ。気付かなかったわ」

一生の不覚とばかりに陶子が天を仰いだ。

「なんか、河合さんには驚かされてばかり」

爽菓も驚いている。

寿莉はまだ言葉を失くしたままだった。河合さんが、あの河合沙雪の息子？

「わたし、河合沙雪の映画、観たことある」

朱音が言った。

「病気で死んじゃったけど天使の力で地上に戻ってきて好きなひとに告白するって話」

「『天使がくれた一週間』ですね。母さんのデビュー作です。でもあの映画、三十年くらい前ですけど、峯崎さんってそんな歳でしたっけ？」

「配信で観たんだってば。あと、あれも観たよ。助けたイルカに連れられて海底の王国に行ってイケメンの海王と恋に落ちる話」

「『浦島花子の恋』ですね。出世作だそうです」

「イギリスの映画監督ってエドワード・ピンカートンのこと？『アユミと皇帝陛下』を撮った」

「そうです。母さんが主演で、作品はアカデミー賞を取りました。その後でピンカートン監督と結婚してイギリスに行きました」

「そのお母さん……河合沙雪さん、たしか映画撮影のために日本に来たってテレビで言ってたけど」

そういえば、そんな芸能ニュースをネットで見たな、と寿莉は思った。それにしても朱音、結構映画好きだったんだ。

「久しぶりに日本の映画監督と仕事をするそうですね」

「それで、久しぶりにお母さんが河合さんに会いたいと？」

と、爽菓。

「河合さんはお母さんと別れてから、連絡を取り合っていたの？」

「いいえ。母さんはイギリスに行ったきりで僕との音信はありませんでした」

「どうして？　親子なのにどうして連絡しなかったの？　そもそもお母さんはどうして、河合さんをイギリスに連れていかなかったの？」

爽菓の問いに、涼太は珍しく困ったような顔をする。

「それは……うーん……」

「あ、言いづらいこと訊いちゃってごめんなさい」

「いえ、言いづらいというより、僕にも確証がないんですよね。突然いなくなっちゃったので」

「河合さんには何も言わずに行っちゃったの？」

「はい。ただ、母さんがいなくなる少し前に、僕に訊いたんです。『イギリスに行きたいか』って。僕はそのとき六歳でしたが、イギリスではみんな英語を話していて日本語では話が通じないということは知っていました。だから『行きたくない』と答えたんです。それで母さん、僕を連れていかなかったのかもしれない」

「それは、いくらなんでもひどすぎませんか」

陶子が憤然と、

「『行きたいか』って訊いて『行きたくない』って答えただけで息子を捨てるなんて、許せないわ」

「捨てた……僕は捨てられたんでしょうか」

「あ、気を悪くしたらごめんなさい」

「気は悪くしていません。僕も母さんがいなくなったときは、捨てられたように思って泣いてましたから。でもそのうち、母さんが僕を捨てたんじゃなくて、僕が母さんを捨てたんじゃないかって思うようになりました。イギリスに行こうとする母さんを捨てた。そして僕は日本に残った。だとしたら、一度捨ててしまった母さんに会おうというのは間違っているのではないか」

寿莉には涼太の考えがときどき理解できない。これもそうだ。客観的に見れば涼太の母親のほうが彼を捨てたのだ。なのに彼は自分が母親を捨てたと考えている。どうしてそう思うことができるのか、わからない。

「お母さんのほうは河合さんに会いたいって言ってるのよね?」

爽菓が言う。

「お母さんが捨てたにせよ、河合さんが捨てたにせよ、会うか会わないかは河合さない。


「そう、なんですよね。そこで悩んでいる、または迷っているわけです。僕は、どうするべきなんでしょうか」

重いなあ、と寿莉は思った。突きつけられた問題が重すぎて、軽々には答えられない。

「会えばいいよ」

しかし朱音はあっさりと言った。

「会って、今までどんなに苦労してきたかぶちまけちゃえばいいと思う」

「僕、そんなに苦労してきた覚えはないんですが」

「親がいなくて辛い思いをしたとか、誰かにいじめられたとか、そういうことは？」

「……なかったですね」

少し考えてから、涼太は言った。

「千春さんと修さんが育ててくれたから困ったことはなかったし、特にいじめられた記憶もないです。あ、でも小学校の頃、机に『おまえの母ちゃんスキャンダルじょゆう』って落書きされたことはあったかな。そのときはまだ『スキャンダル』の意味を知らなかったから気にならなかったけど。中学のときには誰かが母さんが映画でキスシーンをしたときの写真を黒板に貼ってたこともありました。先生がすごく怒ってたけど、僕はどうして先生が怒ったのかよくわからなかった。きれいな写真だったのになあ」

「結構ハードにいじめられてたのね」

爽菓が少々呆れ顔で、

「でも河合さん、メンタルが強いのね。そんなことされても傷つかなかったなんて」

すると涼太は答えた。

「傷つく人間と傷つける人間では、傷つくほうが悪いですから」

その言葉に寿莉は違和感を覚えた。涼太らしくない言いかたに感じられたのだ。

しかし彼女は、その違和感を口にはできなかった。ただ彼の横顔を見つめていた。

3

華房の手の中で餡が練切に包まれていく様を、涼太はじっと見つめていた。

何度見てもそれは魔法のようだった。まるで餅が自らの意思で広がり、餡を包んでいくように見える。

「僕にはまだ、こんなことできないなあ」

自然に言葉が出た。

「当たり前」

すかさずティンが言う。

「涼太、まだ師匠の域に達していない。当たり前です」

「そうですよね。僕はまだ、材料を自分の意のままに操ることなんかできない」

「それも当たり前。わたしだってまだできない。先生は天才です」

華房は無言で練切を丸めつづける。二十個ほど作ったところで一息つき、やっと口を開いた。

「私も天才なんかじゃないですよ」

「ないことないです」

ティンが彼の言葉を否定した。

「師匠が天才でなかったら誰が天才ですか」

「天才というのはねティンちゃん、自分の才能を疑わないものだよ。いや、自分に才能があるかどうかなんてことさえ考えない。ただ作りつづける。悩まないんだ」

「先生でも悩むんですか」

意外なことを聞いて、涼太が尋ねる。

「先生の手付きを見てると、全然迷いがないように見えるんですが」

「菓子を作ってるときにはね。作る前と作った後は悩みつづけてます。自分の限界を目の当たりにしてね」

「限界、ですか。先生はどういうところに限界を感じるんですか」

涼太の質問に、華房は「そう、たとえば」と呟いて、

「……『鬼まんじゅう』を知っていますか。愛知県の郷土菓子です。角切りにした薩摩芋を砂糖で甘みを付けた小麦粉の生地でまとめて蒸しただけのものでね、薩摩芋がごつごつと表面に出ていて、無骨な見かけだし、味もシンプルです。材料を合わせて蒸せば完成する。そこには職人の手が入る余地はほとんどない。その鬼まんじゅうをこの前、食べさせてもらったんです。作ったのは愛知出身の女性でした。そのひとの本業は陶芸家で、とても美しい器を作るひとです。私は彼女の作る皿を手に入れ、それに自分で作った和菓子を載せてみました。でも、なぜかしっくりこなかった。どこかに違和感がある。だけど、その理由がわからなかった。それで、その陶芸家に会いに行ったんです。自分の違和感の理由を知るためにね」

華房は遠くを見るような目付きで、言葉を続けた。

「私が自分の抱いた違和感について話すと、そのひとは自作の鬼まんじゅうを自分の作った皿に載せて差し出したんです。それを見て私は、大きな衝撃を受けました。美しかったのです。繊細さとか技巧とかはまったく感じさせないのに、鬼まんじゅうのごつごつとした見た目をたまらなく美しいと感じた。するとそのひとは言いました。『わたしは自分が思ったとおりにできた焼き物は割って捨てます。自分の意図の及ばないところから生まれる美を求めているからです』と。その言葉はさらに強く私を揺さぶりました。私はずっと、美とは人間の美意識によって磨かれるものだと信じてきたのです。しかし目の前にあるのは細工をしないという細工によって作られた皿と菓子でした。それが美しい。私がどんなに頑張っても到達できない美しさがそこにありました」

「先生には、その鬼まんじゅうは作れないのですか」

涼太が尋ねると、

「作ってみましたよ。言われたとおりの作りかたで、まったく手を加えずに」

「どうでした？」

「同じようなものができました。でも、それは美しくなかった。なぜだかわかりますか」

「わかりません」

涼太は素直に答える。

「細工をしないで作るなら、誰が作っても同じものになるのではないでしょうか」

「そう。同じようなものになる。しかし私の眼には、それは違うものなのです。なぜなら、私には不作為の美を作る力がないから。細工という形でしか自分を込められない。自分にコントロールできないものを作ることができないのです」

「師匠の言ってること、よくわかりません」

ティンが言った。

「でしょうね。これは個人的なものです。だからこそ、乗り越えられない。私の限界は、そこにあります。だから私は、その陶芸家の皿に自分の和菓子を載せることを諦めました。鬼まんじゅうを作ることも、二度とないでしょう。そちらの限界を超える努力をするより、自分ができることに精進するほうがいい。河合君」

「はい」

「君は多分、私以上に美というものに敏感だ。それを理論化する力も持っている。でも理論化、数値化できないものに出会ったとき、立ち止まってしまうかもしれません。そのときは拘泥《こうでい》しないで撤退することも考えておくべきです」

「何もかも理解することはできない、ということですか」

「そうです。人間は結局、手持ちのカードで勝負をするしかない。だったら持っているカードで最高の手を見つけるほうがいい。わかりますか」

「明確には理解できていません」

「それでいいです。心の片隅にでも思い留めておいてください。ところで、お母さんのことですが、決心はつきましたか」

「はい、先生の話を聞いているうちに考えがまとまりました」

「そうですか。どうするにせよ、きちんと後悔できますように」

「どういうことですか」

尋ねたのはティンだった。

「後悔は、しないほうがいいでしょ」

「後悔しないで生きていくのは不可能です。決めるというのは、他の選択肢を捨てるということですから。捨てたものへの未練や後悔は、どうしたって残ります。だからせめて、その後悔が自分の中できちんと整理できて長く悪影響を及ぼさないようにしておくべきです」

「なるほど」

納得したようにティンが頷く。

「わたしも、中国から日本に来たことで後悔したことがあります。でもその後悔は、あんまり長引かなかったです。これはいい後悔ですか」

「そうですね。ティンちゃんを前に進めてくれる後悔でしょう。河合君も、そういう後悔ができるといいのですが」

「そうなれるように心がけます」

涼太は言った。

「そのためにも、僕はもっとちゃんとした餡子が作れるようにならないと」

「何言ってるの？　お母さんと餡子が、どう関係する？」

ティンが首を傾げる。

「するんです。僕の中では」

そう言って涼太は、自分の目の前に置かれたバットに視線を移した。炊きあがったばかりの粒餡が、湯気を立てていた。

4

「え？　河合さんが休み？　珍しい！」

朱音が声をあげる。

「病気？　どこが悪いの？　まさか入院とか？」

「知らないわよ、そんなこと」

爽菓が応じる。

「でも来週は出てくるって」

「期限付きか。どこかに旅行かな？　寿莉は何か聞いてない？」

「知らない。わたしが知ってるわけないでしょ」

不安を隠したくて、ちょっと口調が荒くなる。しかし朱音は気にしていない様子で、

「だよねえ。寿莉だけ事情を知ってたら嫉妬するわ。具合が悪くて出られないんじゃないってことなら、まず安心だけど」

「もしかしたら」

と陶子が意味ありげに、

「お母さんに会いに行ってるのかも」

「え？　ついに母子再会？　河合さん、そんなこと言ってた？」

「聞いてないけど、そうかもしれないわよ。ほら、河合沙雪って今、この近くでロケしてるでしょ」

「そうなの？」

爽菓が驚いて、

「陶子がそういう情報に詳しいなんて知らなかった」

「たまたま芸能ニュースを観ただけ」

三人の会話を聞きながら、寿莉はやはり気になっていた。河合さん、本当にどうしたんだろう？

昨日、学校に来ていたときは特に変わった様子はなかった。実際には少し変わっているのだが、それは彼としては当たり前のことだ。

でも、ひとつだけ気になったことがある。授業終わりに胡桃沢講師と話し込んでいたのだ。たまたま寿莉が通りかかったとき、涼太の声が一瞬だけ耳に入ってきた。

――……終わりにしたい……。

たしかに、そう聞こえた。何を終わりにしたいといったのかわからない。

まさか、学校を辞める？　いや、あのひとにかぎってそんなことはない。でも……。

気になってしかたない。確かめなければ。

寿莉は休憩時間に胡桃沢のところへ行った。

「あの……」

しかし、どう質問したらいいのか迷い、言葉に詰まる。

「あの……河合さんは……あの……」

「ん？　河合君がどうしたのかな？」

椅子に座っている胡桃沢は猫背をさらに丸くして、訊き返してきた。

「その……河合さんは、どうしたんでしょうか」

「休んでるんだって？　さあねえ、どうしたのかねえ。昨日は元気だったけど」

「昨日、何か変わったことはありませんでしたか」

よかった。流れでさらりと訊けた。

「どうかなあ。餡子の話しかしなかったけど」

「餡子の、話？」

「彼の永遠の命題だよ。理想の餡子。本気で和菓子職人になるなら一生かけて追い求めていけばいいだけなんだけど、彼は性急でね。どうしても探究の旅を終わりにしたいって。結果を見せたいって」

そうか。「終わりにしたい」というのは、そういう意味だったのか。少し安堵する。

「でも『結果を見せたい』って、誰にでしょうか」

「僕もそれを訊いたよ。そしたら『自分に餡の呪いをかけたひとです』だってさ。迷宮の次は呪いか。餡子ってファンタジーゲームのアイテムみたいだ」

「それで、先生はどう答えたんですか」

「どうもこうも、終わりにしたければすればいいって言ったよ。結果を見せたい誰かさんには現時点で自分ができるものを見せる、というか食べさせるしかないでしょ。そう言ったらね、『たしかにそのとおりです』って納得して帰っていったよ。自分の中では結論が出てて、それを僕に後押ししてほしかったんだろうね」

「そうですか……ありがとうございます」

まだ不明なことはあったが、とりあえずの不安は解消できたので礼を言って帰ろうとした。

「あ、そうそう。僕も君に訊きたいことがあったんだ」

胡桃沢に呼びとめられた。

「遠野君はたしかケーキ屋さんにインターンシップ行ってるんだよね？」

「はい」

「将来はパティシエになるつもり？」

「それは……まだ決めてません」

「そうか。いや、僕はてっきり、君は和菓子職人になるんだと思ってたんでね。ほら、コンテストにも出たでしょ？」

「はい。でもあれは……」

あれは流れと勢いで出てしまっただけだ、とは言いにくかった。

「僕が和菓子屋だから言うんじゃないけどね、君は和菓子、似合うと思うよ」

胡桃沢が言った。寿莉が答えられないでいると、

「勝手なこと言って悪かったね。君の人生は君が決めればいい。でももし、君が河合君や川島さんみたいに和菓子の道に進みたいと思ったら、僕も協力できることがあると思う。そのことは覚えておいて」

「ありがとうございます」

寿莉は礼を言って講師控室を出た。

教室に戻りかけて足を止める。自分は一体、何になりたいのだろうか。この学校に通い始めて一年が過ぎたのに、いまだに気持ちが定まらない。

その後の授業も、少し上の空で過ごした。

帰宅して自分の部屋に入ると、ベッドの上でぼんやりと天井を見上げ、考えた。

――あなたは素直だ。気取らず自分の好きなものを表現できる。その気持ちは、今後も忘れないでください。

コンテストのとき、華房からかけられた言葉を思い返す。素直。好きなものを表現できる。これは褒め言葉だろう。でもわたしは、何が好きなのか。本当に好きといえるものがあるのか。天井に問いかけても、答えは返って来ない。

スマートフォンを操作して、画像を探す。コンテストで自分が作った和菓子の写真だ。あらためて見直しても、あまり出来のいいものには思えなかった。でもこれを華房さんは褒めてくれた。爽菓も陶子も朱音も河合さんも、そして、

――わたし、このお菓子、好きだよ。

ティンもきっと、褒めてくれたのだろう。だから、もう少し自信を持ってもいいのかもしれない。

でも、と思い返す。自信だとかなんとか言ったりしたら、またナマハゲが「いい気になってる子はいねえかあ?」と喚きだすような気もする。

結局自分は、マイナスの評価を恐れすぎてプラスの評価を素直に信じることができないのだ。厄介な性格だなあ、と寿莉は嘆息する。

自作菓子の画像を戻そうとしたとき、ＬＩＮＥ着信の表示が出た。相手の名前を見て、思わずベッドから起き上がる。

涼太からだった。

【突然ですが、土曜日の午後三時から、時間は取れませんか。可能なら同行をお願いしたいのですが】

土曜日って明日?　同行?　どういうことだろう?

頭の中にいくつもの「?」が飛び交う。とりあえず返事を打った。

【土曜日なら空いてますけど、どこに行くんですか?】

返事はすぐに来た。

【僕の母に会いに行きます。同行していただけませんか】

「え？」

思わず声が出る。親御さんに挨拶に行く？　まさか、わたしを紹介するとか？

いやいやいや、変な誤解をしてはいけない。散々考えた末に、

【どうしてわたしなんですか？】

とだけ送った。

【同じ班で和菓子に一番興味を持っているのが遠野さんだからです。無理なお願いだったら、あきらめます】

【行きます】

反射的に返事をしてから、ちょっと待て、と自分に注意する。

【ありがとうございます。では午後三時にアリスタホテルの一階ロビーで会いましょう】

「アリスタホテル？」

つい声に出してしまった。寿莉がインターンシップで働いているところだ。だからどうだというわけではないのだけど、もし店の誰かに見られたりしたら、などと心配になってしまう。かといって、今更断ることもできない。

【わかりました】

そう答えてから、追加で尋ねた。

【わたしは、何をすればいいのですか】

涼太の返答は、簡潔だった。

【一緒にいてください。僕が取り乱さないように】

5

やってきた寿莉を見て、涼太は一言、

「珍しいですね」

と言った。

「え？」

「スカート姿、初めて見ました」

「それは……だって……こんな立派なホテルだから……」

寿莉が言いよどむ。

「では行きましょうか」

涼太は風呂敷包みを抱え直して歩きだす。

「あの」

と、寿莉が後を追いかけながら、

「今から、お母さんに会うんですよね？」

と尋ねてきた。

「他人のわたしが一緒にいて、本当にいいんですか」

「他人だからいいんです」

涼太は答える。

「今回の会見には利害関係のない第三者の臨席が必要だと考えました。でないと僕は感情的になってしまうかもしれない」

「取り乱すのですか」

「その可能性も考えています。情けない話ですが、今の僕は自分のことなのに予測不可能なんです」

金色に飾りたてられたエレベーターで四十五階へ向かう。その階にはスイートルームただ一室だけがあった。

エレベーターから出ると出迎えたのは黒いスーツを着た大柄な西洋人男性だった。その視線は鋭く、不審な動きでも見せようものならすぐにでも組み伏せられそうだった。

「河合涼太です。河合沙雪さんに会いに来ました」

しかし涼太は臆せず告げた。男性は小さく頷き、

「お待ちしておりました」

少し癖のある日本語で応じた。そして寿莉に視線を向け、

「こちらは？　今日は河合涼太様おひとりでいらっしゃると聞いておりましたが」

「彼女は僕の友人です。付き添いで来てもらいました」

「そうですか。お待ちください。マダムに尋ねて参ります」

そう言うと男性は大きな扉の向こうに消えた。

「河合さん、やっぱりわたし、来なかったほうがよかったんじゃ……」

寿莉が恐縮するように言う。

「大丈夫ですよ」

涼太は言葉を返した。

「これくらいのアクシデントで動じるようなひとではないですから」

程なく男性が戻ってきた。

「失礼いたしました。こちらへどうぞ」

彼は大仰に一礼して、扉を開けた。涼太は堂々と、そして寿莉はおずおずと中に入る。

そこは広々とした空間だった。豪勢なシャンデリアに革張りのソファ、壁には荘重な風景画が掛かり、床には高級そうなカーペットが敷きつめられている。

部屋の主はソファに腰掛けていた。コーラルピンクのジャケットに黒いロングスカート。肩までの長さの髪は緩やかにウエーブがあり、耳朶《じだ》にはダイヤらしきイヤ

リングが輝く。そろそろ五十歳に手が届く年齢のはずだが、とてもそうには見えなかった。彼女は涼太の顔を見て、小さく頷いてみせた。

「久しぶり。大きくなったわね」

「十七年ぶりですから。母さんも変わりました」

「そう？　どこが？」

「それなりに歳を取り、それなりにきれいになった」

「お世辞も言えるようになったのね。そちらの方はお友達だそうね。お名前は？」

急に話を振られた寿莉は、必死に動揺を押し隠しながら、

「あ、あの、遠野寿莉と言います」

「遠野さん。わたしは河合沙雪です。よろしく。涼太とはどういうお友達？」

「学校の……同級生です」

「学校？　大学？」

「製菓学校です」

涼太が代わりに言った。

「今、通っているんです」

「あなたが製菓学校？　意外ね」

「意外ではありません。その遠因を作ったのは母さんです。子供の頃、僕にいろいろな料理や菓子を作ってくれましたよね。その中で僕が一番好きだったのは何だ

か、覚えてますか」

「ぼたもちね。あなたと別れる前、ねだられて作ったわ」

「あの日以来、僕はぼたもちを食べられなくなりました。あ、勘違いしないでください。それがトラウマになって食べられなくなったのではありません。母さんが作ったぼたもちより美味しいものに出会えなかったからです。でも、僕は大人になってから、美味しくて美しい和菓子に出会いました。そういうものを自分でも作りたくて、菓子作りの勉強をしています。座ってもいいでしょうか」

「ええ、どうぞ」

涼太は向かい側のソファに腰を下ろす。

「遠野さんも座ってください」

「あ、はい」

寿莉は隣にそそくさと座った。それを見計らっていたかのように奥から西洋人の女性が現れて、三人に紅茶をサーブした。

「手紙を読みました」

女性がいなくなるのを待って、涼太が話しはじめる。

「でも、会いたいとしか書かれていなかった。どうして僕に会いたくなったのですか」

「実の息子だから、というのは今更の理由よね。十七年前、わたしはあなたを捨てた。今更言い訳をしても許されることではないとわかってる。でも、一言謝りたかったの」

「……謝る前に教えてください」

涼太は気持ちを抑えるように一呼吸置いて、尋ねた。

「どうして僕を捨てたのですか」

「……そう。その話をしないといけないわね。でもきっと、話せばあなたはわたしのことをもっと憎むようになる」

「そうだとしても、母さんは話すべきだと思いますし、僕は聞くべきだと思います」

寿莉はちらりと涼太を見る。

「そうね。どうなったとしても、話すべきだわ。涼太、あなた、お父さんのことは覚えてる？」

「僕が小さいときに死んだので、記憶にありません。写真は見ていますが。映画監督の長岡藤次《ながおかとうじ》というひとでしたね？」

「そう。わたしの最初の映画を監督したひと。そしてわたしの初恋のひと。当時のわたしはまだ学生で、あのひとは立派な大人、しかも奥さんがいた。でも夢中になっちゃって、ずっと追いかけてた。その思いを彼が受け止めてくれるようになったのは、何年か経ってから。奥さんと別れてわたしと結婚してくれるって言ってくれた。本当に嬉しかったわ。長かった片思いが叶ったんですもの」

沙雪は昔を懐かしむように言った。

「なのに奥さんとの離婚訴訟が長引いて時間が経つうちに、あのひとの肺に癌《がん》があることがわかって、そのまま入院してしまった。そしてわたしとのことはうやむやなまま、あのひとは死んだ。残されたわたしは、あなたをひとりで産むしかなかった。世間の声は冷たかったわ。不倫の末に父親のいない子供を産んだ女。不道徳な女優。さんざん言われた。わたしはそんな声に歯向かうように演技の仕事を続けたわ。あなたにも良い母親であろうとした。力は足りなかったかもしれないけど」

「いえ、少なくとも僕と一緒にいるときの母さんは、とてもいい母親だったと思います」

涼太が言うと、一瞬だけ沙雪の表情が崩れそうになった。がすぐに笑みを戻し、

「ありがとう。そう言ってもらえると少しは心が休まるわね。でも正直なところ、わたしはそうした生活がつくづく辛くなっていたのかもしれない。日本で非難を浴びながら仕事をすること。ひとりであなたを育てていくこと。修兄さんと千春さんにはいろいろ援助してもらってたけど、気持ち的には限界だった。そんなときよ。エドワードがわたしの主演で映画を制作したいとオファーしてきたのは。わたしは一も二もなく〇Kした。これを足掛かりに日本を離れて世界を相手に仕事ができるかもしれないって思ったから。そして、その思惑は当たったわ。映画はヒット。賞ももらって、わたしは世界的な名声を得た。そして、エドワードの心もわたしに向

けられるようになった。イギリスに来て一緒に暮らそうと言われたの。それはとても素敵な申し出だった。でもそれにはひとつ、条件があった。わたしひとりでイギリスに来ること。じつはね、エドワードには亡くなった前の奥さんとの間にふたりの子供がいたの。その子たちはもう成人してたけど、父親の財産争いをすでに始めてたのよ。彼はこれ以上、財産分与とかで面倒なことにしたくはなかった。なので妻は欲しいけど子供はこれ以上増やしたくなかったの」

「つまり母さんは、僕とエドワード・ピンカートンのどちらかを選ばなければならなかった。そして僕を捨てた。そういうことですね」

「ええ。言い訳はしない。そのとおりよ。あの日、あなたを置いて日本を出たの。二度と戻ってくるつもりはなかった。イギリスでもわたしのキャリアは順調にアップしていったわ。映画も何本か出演したし、エドワードとの仲も悪くなかった。昨年彼が心臓の病気で亡くなるまで、わたしたちはいい夫婦だった」

「でも、今の母さんはひとりなんですね。それで僕に会いたくなったのですか」

涼太が言うと、

「エドワードが亡くなるとすぐ、彼の息子たちはハイエナみたいに財産を貪《むさぼ》り食ってしまった。まあ、彼もそれを見越してわたし名義の財産を作ってくれてたし、わたし自身もそこそこの蓄えがあるから全然困りはしないんだけど。でもね、ひとりになってみると自分のやってきたことが無意味に思えてしまったの。日本を、あなたを捨てたことが良い選択だったのかどうか、わからなくなった。そんなとき、久しぶりに日本で映画を撮らないかってオファーが来たの。少し前のわたしなら断ってたわ。でも今回は心が動いた。二度と踏むまいと思ってた日本の土を、踏んでみたくなった。そして、あなたに会ってみたくなったのよ」

沙雪の話が終わった。涼太は紅茶を啜り、少し考えてから言った。

「なるほど、わかりました。母さんは要望どおり、僕に会った。で、これからどうするつもりですか」

「できることなら、あなたと和解したいの」

「和解して、どうします？　日本で一緒に暮らすと？」

「あなたが望むなら、そうしてもいいわ。イギリスを引き払って日本に戻ってきてもいいと思ってる。あなたが、それでいいならね」

「つまり、僕の気持ち次第ですか。僕が結論を出さなきゃいけないんですか。母さん、それは」

一瞬、涼太の視線が強くなる。

「それは、とてもひどい仕打ちですよ。勝手に僕を捨てて、勝手に戻ってきて、結論だけは僕に丸投げするなんて。僕は」

寿莉の手が涼太の肩に伸びた。その感触にはっとして、彼は声のトーンを下げる。

「……十七年前、僕に『イギリスに行きたいか』と訊きましたよね。あのとき僕が『行きたい』と答えていたら、エドワード・ピンカートンの意向に背いて一緒に連れていきましたか」

沙雪はすぐには答えなかった。優雅な手付きで紅茶を啜り、充分な間を置いて、

「たしかにあのとき、そんなことを訊いたかもしれないわね。きっと罪悪感が言わせたんだと思う。あなたがあのとき『一緒に行く』と答えていたら。そうね、エドワードに頼んだかもしれない。あなたの財産には一切関係させないから、息子を連れていかせてって。でも、あなたは『行きたくない』と答えたわ」

「そう。僕はその質問がどういう意味なのか全然知らなかったから、よく考えもせずに答えました。その結果が今の僕です。今の母さんです。あんな答えかたをしたことを、悔やんでいます。でもそれは、母さんと一緒に暮らせなくなったからではない。自分にとって重大な質問に、安易な気持ちで答えてしまったことを悔やんでいるんです。二度とそんな過ちは繰り返したくない」

涼太はテーブルに置いた風呂敷包みを解いた。中から朱塗りの重箱が姿を現す。蓋を、取った。

粒餡のぼたもちが、詰められていた。

「僕が作りました。食べてもらえませんか」

「いきなりどうしたの?」

「食べてもらうために作ってきました」

「……わかった。いただくわ」

涼太はぼたもちをひとつ、用意していた銘々皿に載せ、母親の前に差し出す。沙雪は皿を手に取り、ぼたもちを眼の高さに上げ、じっくりと眺める。

「……ぼたもちを食べるなんて、何年ぶりかしらね」

皿をテーブルに置くと割り箸で小さく切り、口に入れた。

「……美味しい。甘さも程良いし、餡の風味も良く出てる。さすがね」

「母さんが作るぼたもちみたいにできているでしょうか」

「わたしのより、ずっと美味しいわ」

「そうでしょうか」

涼太は自分もぼたもちをひとつ取り分け、半分に切って口に放り込んだ。確かめるように咀嚼し、嚥下《えんげ》し、言った。

「僕はずっと、母さんが作ったぼたもちを目指してきました。これが現在での僕の精一杯です。でも、まだ違うような気がする。まだまだ届かない気がしています。この差は、何でしょうか」

「きっと、思い出補正よ」

沙雪は言った。

「人間は過去のことを思い出すとき、実際より美化してしまうものなの。わたしのぼたもちなんて、そんなに美味しいものじゃなかったわ」

「そうでしょうか。僕にはとても美味しいものだったんだけど。あの、参考までに訊きたいんですが、餡子を炊くときは何回渋切りをしましたか。小豆は何を使っていましたか」

「渋切り？　何それ？　餡子を炊く？　そんなことしてないわ」

「え？」

涼太は驚いたように、

「では、あのぼたもちはどうやって作ったんですか」

「市販の粒餡を使ったの。京都でロケをしたときに美味しい和菓子屋さんに出会ってね、そこが粒餡だけを売ってたから取り寄せてたのよ。だからスーパーとかで売っているものよりは高級だったと思うけど」

「そう、だったんですか。うーん……」

涼太はソファに沈み込む。

「河合さん、大丈夫ですか」

寿莉が気遣う。

「大丈夫です。でも、僕にとって至高の粒餡が、母さんの手作りではなかったとは……」

少し黙った後、涼太は顔をあげた。

「母さん、その粒餡を作ってた京都の和菓子屋さん、名前はわかりますか」

「たしか斤布堂《きんぷどう》という名前。どら焼が名物だったと思う」

涼太はスマートフォンを取り出し、その情報をメモした。

「後で調べます。でもなんだか、今のショックは逆によかったように思えてきました。僕は母さんのぼたもちを目指して、それを乗り越えられたら母さんへの気持ちも整理できると思ってた。でもじつは『母さん手作りのぼたもち』なんてなかったんだとわかったら、呪縛も解けた気がします。もう一度訊きますけど母さん、僕のぼたもちは本当に美味かったですか」

「ええ、とても美味しいわ。このまま商品にしてもいいくらい」

「わかりました。これでこだわりも消えました。先程の質問に答えます」

涼太は居住まいを正す。

「母さんは僕と和解したいと言った。いいです。和解しましょう。でも日本で一緒に暮らしたいという提案については、断ります。僕は今、修さんと千春さんのところで暮らしています。この生活は快適です。いずれは独り暮らしをするでしょうが、それまではこの生活を続けていきたいと思っています。母さんが日本に戻るかどうかについては、僕は意見を述べません。それは母さんが決めるべき問題であって、僕は関与していないからです」

「わたしがどうしようと、あなたには関係ないということなのね」

「端的に言えば、そうです。だってそれは、母さんの人生ですから」

涼太は言った。

「僕は母さんから自由になります。だから母さんも、僕から自由になってください」

屈強な西洋人に見送られて下りのエレベーターに乗る。ドアが閉まった瞬間、涼太は大きく溜息をついた。

「大丈夫ですか」

寿莉が尋ねると、

「大丈夫、ではないかもしれません。この会見にはかなりの精神力を費やしました」

「少し休憩します？」

「そう、ですね」

エレベーターを降り、ラウンジの空いているソファに腰を下ろすと、涼太はもう一度溜息をついた。寿莉はその隣に座る。

「河合さん、立派でした」

彼女が言うと、涼太は不思議そうに、

「立派ですか。どこが立派だったんでしょう？」

と訊き返す。寿莉は少し躊躇しながら、でもしっかりと彼の眼を見て、

「河合さんは、言うべきことをちゃんと言ったと思います」

涼太は彼女の視線に不思議そうな表情を浮かべ、それからかすかに微笑んだ。

「ありがとう。遠野さんのおかげですよ」

「わたし？　わたしなんて何にもしてないですよ。かえって邪魔だったでしょ？」

「とんでもない。遠野さんが隣にいてくれたおかげで、僕はぎりぎり自制心を保つことができました。感謝しています」

涼太の言葉に、寿莉は、はっ、とする。

「やあ、遠野さん」

そんな彼女に声がかかる。振り向くと、インターンシップで働いている洋菓子店の店長が立っていた。

「おや、今日はデート？　いいね」

「あ、いえ、そんな……」

寿莉は思いきりうろたえる。

「デートではありません」

涼太が言った。

「デートとは交際している人間が一緒にどこかへ出かけることを言います。僕たちはまだ交際していません」

「え？　『まだ』？」

寿莉がさらにうろたえる。

「そうか。それは失礼」

店長はにこにこしながら、

「そうだ遠野さん、この前の話、ちゃんと考えておいてね。私は本気で君のこと買ってるんだから。じゃ」

そう言って離れていった。

「あのひとは誰ですか。『この前の話』というのは何ですか」

涼太に尋ねられ、寿莉はインターンシップ先の店長に卒業したらうちで働かないかと誘われていることを話した。

「なるほど。将来を嘱望《しょくぼう》されているのですね。それで、その店に就職するんですか」

「まだ決めてません」

寿莉は言った。

「どうしたらいいのか迷ってます。だって……」

「だって？」

「わたし、何をしたらいいのかいまだに迷ってて。洋菓子にすべきか和菓子にすべきかも、決められなくて……どうしたらいいでしょうか」

彼女に尋ねられると、涼太は不思議そうに、

「僕が決めてもいいんですか。遠野さんの人生なのに？」

「あ……そうですよね。わたしが決めなきゃいけないんだ」

寿莉は力なく笑う。

「でも、何もかも自分で決めなきゃならないって、正直しんどいときもあります。わたしみたいに主体性のない人間は、誰かに決めてもらったほうが楽でいいかも」

「誰かに人生を決めてもらって、それが違っていたら、どうします？」

涼太は言う。

「たとえ親であっても、自分の人生を決めさせてはいけません。そのひとはあなたの人生にずっと責任を持ってくれるわけじゃないですから。自分で決めるのはたしかにしんどいです。だけど大切なことですよ。大切だから逃げられない。逃げられないから、しんどい。だったら自分で決めてしまうほうがいいです。決めてもし違っていると思ったら、またやり直せばいい。洋菓子作りをやってみて、駄目だと思ったら和菓子に転向してもいいし、全然別のことをしてもいいです。今のことは今の自分に決めさせて、将来のことは将来の自分が決めれば……あれ？　どうかしました？」

「なんでも……なんでもありません」

寿莉は溢れだしていた涙を拭いながら、

「どうして泣いてるのか、わたしにもわかりませんから。でも……ありがとう」

結局、寿莉の涙が止まるまで、ふたりはラウンジで時間を過ごした。

エピローグ

「いらっしゃいませ」

やってきた客に、寿莉が挨拶をする。顔馴染になった老婦人だった。近所に夫とふたり暮らし。ときどき娘夫婦が遊びに来るときに、この店を利用してくれる。

「黒糖外郎をひとつと、最中《もなか》を六つ、くださいな」

「はい、ありがとうございます」

寿莉は手早く商品を紙箱に収め、包装紙で包む。

「もうお仕事には慣れた？」

老婦人が尋ねてきた。

「まだまだです。もっと頑張らないと」

と言葉を返すと、

「あまり無理しすぎないでね」

と、声をかけてくれた。

「遠野さん」

客が出ていったのを見計らうように声がかかる。店の奥から川島郁美が出てきた。出来立ての外郎を盆に載せている。

「これ、お願い」

「はい」

盆を受け取り、外郎をショーケースに移していく。郁美は奥に戻り、今度は大福を並べた盆を持ってくる。

「今日はどう?」

「抹茶外郎と黒糖外郎の売れ行きがいいわ。上白はいつもどおり。あと、草餅がなくなりそう」

「わかった。店長に補充頼んでおく」

そう言ってから、

「ねえ、田城さんのこと、聞いた? あなたと同じA班だったひと」

と尋ねてきた。

「聞いた。フランス留学だって」

「すごいわねえ。一流パティシエへの道まっしぐら」

田城陶子はエントリーしたジャパン・スイーツ・コンテストのエコール部門で銀賞を取り、タジマモリ製菓専門学校卒業後は寿莉が就職を誘われたアリスタホテルのケーキ店に就職していたのだった。そして一年でフランスに向かうことになったのだ。

「あの店、本当は遠野さんも就職することになってたんだって？　どうしてこの店にしたの？」

郁美の質問に、

「いろいろ考えてね」

と、答え、それでは説明が不足しているような気がしたので付け足した。

「わたし、洋菓子の華やかさには向いてない気がしたの。なんか、自分の作りたいものとは違うかなって」

「だから和菓子屋に？　でも、だったら華房さんのところに行けばよかったじゃない」

「華房先生のところは、また別格でしょ。ああいう精巧な和菓子を作るのも、わたしには違ってると思ったの。わたしが作りたかったのは、お祖母ちゃんに作ってあげたホットケーキみたいな、あんな感じのお菓子なの」

「それでこの店？　たしかにここ、昔ながらの素朴な和菓子だけだものね。だからわたしも就職する気になったんだけど」

「川島さんはお饅頭屋さんを開くの？」

「将来的にはね。このお店みたいな雰囲気の、小さくても常連のお客さんがいつも来てくれるお店がいい。遠野さんは？　将来はホットケーキ屋でもする？」

「まだ考えてない。でも、気持ちは川島さんと同じかな」

「そうか……じゃあさ、わたしと一緒にお店、やらない？」

「川島さんと？　いいの？」

「いいわよ。わたしは直伝のお饅頭を作るから、他のものは遠野さんが得意なものを作って」

「得意なものって、わたしは何も……」

「それを、この店で盗むの。外郎のレシピ、ちゃんと頭に叩き込んでおいてよ」

郁美はそう言って笑うと、また店の奥に引っ込んだ。

寿莉は菓子の並ぶショーケースを後ろから眺めながら、思った。店か。わたしが、店を持つのか。夢だな。

そういえば、と思い出す。朱音から昨日、A班のグループLINEにメッセージが届いていた。フランスへ行く陶子の送別会をやろう、という誘いだった。会場は彼女が勤めているフレンチのレストランでできるそうだ。【デザートはわたしに任せといて！】という頼もしいメッセージが添えられていた。

爽菓からはすぐに【行きます】と返事が来ていた。彼女は今、地元では有名な洋菓子店で働きながら修業を続けている。もうすぐ自分が考えたタルトを店に並べてもらえると言っていた。

寿莉ももちろん送別会出席のメッセージは送っておいた。残るのは、ひとりだけなのだが。

寿莉は店に客が来そうもないときを見計らってスマートフォンを開いた。

涼太からのメッセージは、なかった。

「見てないのかなあ……」

不満を洩らしたとき、着信があった。

送られてきたのは、画像だった。勾玉の形をした四色の和菓子が写っている。続いて、

【改良品、できました】

短いメッセージが届いた。

「どこが改良されたのよ」

呟きながら写真を見る。きっと彼にとっては大きな進展なのかもしれない。しかしあまり写りがよいとは言えない写真からは、その改善点は見つけられなかった。

続けてメッセージが届く。

【師匠からは「悪くない」と言ってもらえました。ティンさんには「全然駄目」と言われましたけど】

思わず笑ってしまった。涼太も「はなふさ」でしっかりと修業をしているようだ。

いやいや、それよりも陶子の送別会のことを、と問い質そうとしたとき、またメッセージが届いた。

【田城さんの送別会、必ず出席します】

よしよし、と思った瞬間、またもメッセージ。

【何か田城さんに餞別の品を贈るべきでしょうか。遠野さん、次のデートのときに相談しましょうか】

「わわわわわっ！」

危うくスマートフォンを落としかける。

【デート!?　デート!?　なにそれ!?】

案の定、朱音から猛烈なメッセージが送られてきた。

爽菓からは一言。

【へええ】

とだけ。

寿莉はその場に座り込んだ。笑いそうな泣きそうな、やっぱり笑いそうな気持ちだった。

解説　ぐるぐるで、まっすぐな物語

（本文の内容に触れる部分があるのでご注意ください）

なんてまっすぐなんだろう！　タイトルには「ぐるぐる」がつくのに、本作を読み終ったあと胸に残るのは、どこまでもまっすぐで、のびやかな若者たちの姿でした。
主人公である涼太《りようた》は、一見すると「ぐるぐる」悩まない人物です。なぜなら「これがほしい」というきっかけがあれば、それを叶えるために行動することを厭《いと》わない。とあるきっかけで数学的に美しい見た目の和菓子に出会い、さらにずっと苦手だった餡《あん》のおいしさにも目覚めた彼は、将来が確約された理系の大学院への道をあっさり捨て、製菓学校に入学しなおします。そのとき保護者である伯父伯母《おじおば》を説得するために素早くプレゼンを用意したり、和菓子職人の店に飛び込みで体験に入るなど、彼の行動力はすごい。この勢いと熱さはまるで少年漫画のそれで、そこには迷いがほとんど感じられません。その上彼の判断基準はこの時点ではプラスとマイナスを量る天秤《てんびん》であって、より心が動く方、あるいは人生がプラスへと向かう方を冷静に選択している印象があります。

ではタイトルにある「ぐるぐる」とは何なのか。それはまず、涼太の餡へのこだわりに表れます。幼い頃、涼太の前から消えた母親。その母親が作ったぼたもちの味にこだわる涼太は、製菓学校でその壁に突き当たります。なぜなら餡の作り方には「正しいやり方」はあっても、正解がなかったからです。

料理は科学であり、完成品は物質です。だからそれを均一化、均質化することはできる。理系の世界にいた涼太にとってぼたもちの餡はそういう認識だったのではないでしょうか。けれどその料理を食べるのは人間です。そして人間の五感は、簡単に揺らぎます。温度や湿度、体調によって「おいしい」は変わるし、年齢によって味蕾《みらい》の受容体の数も変わります。そう、誰かにとっておいしいものが、万人に通じるとは限らないのです。最大公約数はあっても、「絶対」はありえない。つまり、そこに「たったひとつの正解」はない。そのことが、涼太を「ぐるぐる」に誘います。

そして「おいしさ」は揺らぐからこそ、同じ材料でもそれぞれの店で違う餡、違うレシピが採用されるわけです。味には個性や好みがあること、最終的にプロフェッショナルになってひとり立ちしてもなお「答えは見つからない」ことなどを、涼太は製菓学校の胡桃沢《くるみざわ》講師（余談ですが「くるみざわこうし」と打って胡桃沢耕史《こうし》と出てきたのでちょっと嬉《うれ》しかったです）をはじめとする製菓に関わる人々から教えられ、成長していきます。

小豆《あずき》と砂糖と水。限りなくシンプルな材料から導き出される「餡」という解。自分にとっての最適解を求める旅の入り口に立った涼太にかけられた言葉は「餡の迷宮へようこそ」。それは少し先を歩く大人からの、優しいメッセージのように感じられました。

翻って、本作の第二の主人公である寿莉《じゆり》を見てみると、彼女はわかりやすく最初から「ぐるぐる」と悩みまくっています。「わたしなんて」とつぶやきがちな彼女は自己肯定感が低く、容姿や経歴などを他者と比べては、さらに負のスパイラル（ぐるぐる）に陥っています。

そんな寿莉は、製菓学校で講師や班の仲間に出会うことで、ゆっくりと変化してゆきます。中でも印象的なのは松下《まつした》講師の「謝罪も失態に見合ったものでないと、ときに意味を成さなくなります」ということです。謝りすぎることで自分を卑下し、下に置くことで「これ以上攻撃しないで」と逃げている彼女の姿勢は、自分にも覚えがあるので「いてて」と思わずにはいられませんでした。朱音《あかね》の「駄目な自分でいたほうが安心できるんでしょ」という発言に至っては「すみませんでしたー！」と言いたくなるほどです。

ところで製菓では、和でも洋でも何かをかき回す・攪拌《かくはん》するという動作がつきまといます。鍋やボウルをぐるぐるかき回す中で素材が混じり合い、ときには化学変化を起こすことでお菓子はできあがってゆきます。その動作をなぞるように、寿莉も悩みながら他者と混じり合い、違う自分へと変わってゆくのです。それは涼太を含めた他の仲間もそうで、学校で同じ時間を過ごしながらもそれぞれに道を見つけ、新しい自分へと目まぐるしく変わってゆく様は、まるで一つの鍋から次々に新しい気泡が生まれるようでまばゆい気持ちにさせられます。

　時間といえば物理学的にはひとつのものですが、人間が体感する時間には二種類のものがあるように思います。それは直線的な時間と、円を描く螺旋《らせん》のような時間です。前者は過去・現在・未来とまっすぐに進むイメージで、後者は日が昇り日が落ちてまた新しい一日が始まるように、時間が円を描きながら進むイメージです。ここに私は、涼太や寿莉の姿を見ました。懸命に前に進もうとしながらぐるぐると悩み、回り道をしながら、それでもまっすぐに未来へと向かう若者の姿を。

『ぐるぐる、和菓子』はそんな彼らのように、これから将来を考えるひとにとっては道を示す物語であり、また私のようにその年齢を過ぎた大人にとってはまばゆく懐かしい物語なのだと思います。

　余談ですが、私がこの物語で一番気に入っているのは大人がちゃんと大人をやってくれているところです。製菓学校の講師陣や菓子に関わる人々は必要以上に学生に媚《こ》びず、かといって厳しいだけでもない。各人それぞれのポリシーに則って、真《しん》摯《し》に若者の問いに答えています。だから本作を読んでいる間は心のどこかがずっと安心で、おだやかな気持ちでいることができました（ちなみに涼太の両親は問題ありな大人ですが、彼らはおそらく大人になり損ねていたひとのような気がします）。いつか私もこんな大人になりたいと思うのですが、それが叶う日は果たして来るのでしょうか。

最後に、作中のお菓子について。個人的には芸術的な「和菓　はなふさ」のお菓子よりも、寿莉のホットケーキを模したお菓子が気になりました。小さなホットケーキって、すごく可愛《かわい》いですよね。味に言及はされていませんでしたが、私だったら艶天《つやてん》にメープルか白樺《しらかば》の蜜《みつ》を加えて風味を出したいところです。あとお祖母《ばあ》ちゃんとの優しい思い出を意識して、生地か餡を柔らかめの食感にするとか。ああ、これは食いしん坊なぐるぐるですね。

こんな風に、読まれた方の心にも色々なぐるぐるが生まれていることと思います。

太田さん、楽しくて優しい時間をありがとうございました。

ココナッツ汁粉の餅をびよーんとさせつつ　坂木司（作家）

参考文献

『新版　お菓子「こつ」の科学』河田昌子（柴田書店）
『製菓衛生師全書　和洋菓子・パンのすべて』（日本菓子教育センター）
『決定版　和菓子教本』日本菓子教育センター編（誠文堂新光社）
『茶の湯ＤＶＤブック　金塚晴子さんとつくる茶会の和菓子』金塚晴子（淡交社）
『上菓子「岬屋」主人のやさしく教える和菓子のきほん』渡邊好樹（世界文化社）
『和菓子のほん』中山圭子・文／阿部真由美・絵（福音館書店）
『ようかん』虎屋文庫（新潮社）
『ニッポン全国　和菓子の食べある記』畑主税（誠文堂新光社）

和菓子作りと製菓学校については、
「小ざくらや一清」伊藤高史氏
「夢菓子工房ことよ」岡本伸治氏
「名古屋ユマニテク調理製菓専門学校」後藤一宏氏・矢濱竜淑氏
以上の方々の協力とご助言をいただきました。ありがとうございました。

本書は、二〇二一年二月にポプラ社より刊行されました。

ぐるぐる、和菓子

太田忠司

2024年3月5日　第1刷発行

発行者　加藤裕樹
発行所　株式会社ポプラ社
〒141-8210　東京都品川区西五反田3-5-8
JR目黒MARCビル12階
ホームページ　www.poplar.co.jp
フォーマットデザイン　bookwall
組版・校正　株式会社鷗来堂
印刷・製本　中央精版印刷株式会社

©Tadashi Ohta 2024　Printed in Japan
N.D.C.913/334p/15cm　ISBN978-4-591-18134-8

落丁・乱丁本はお取り替えいたします。
ホームページ（www.poplar.co.jp）のお問い合わせ一覧よりご連絡ください。

本書のコピー、スキャン、デジタル化等の無断複製は著作権法上での例外を除き禁じられています。
本書を代行業者等の第三者に依頼してスキャンやデジタル化することは、たとえ個人や家庭内での利用であっても著作権法上認められておりません。

みなさまからの感想をお待ちしております
本の感想やご意見をぜひお寄せください。
いただいた感想は著者にお伝えいたします。
ご協力いただいた方には、ポプラ社からの新刊やイベント情報など、最新情報のご案内をお送りします。

P8101487

ポプラ社小説新人賞

作品募集中！

ポプラ社編集部がぜひ世に出したい、
ともに歩みたいと考える作品、書き手を選びます。

※応募に関する詳しい要項は、
ポプラ社小説新人賞公式ホームページをご覧ください。

www.poplar.co.jp/award/award1/index.html